选堂诗墨评注

饶宗颐 著
陈韩曦 翁艾 注译

南方出版传媒
花城出版社
中国·广州

苞俊集

图书在版编目（CIP）数据

苞俊集 / 饶宗颐著；陈韩曦，翁艾注译. -- 广州：花城出版社，2018.2
（选堂诗词评注）
ISBN 978-7-5360-8562-6

Ⅰ. ①苞… Ⅱ. ①饶… ②陈… ③翁… Ⅲ. ①诗集－中国－当代 Ⅳ. ①I227

中国版本图书馆CIP数据核字(2018)第002702号

出 版 人：詹秀敏
策划编辑：詹秀敏
责任编辑：杜小烨
技术编辑：凌春梅
装帧设计：王　越
图片来源：饶清芬　陈韩曦
　　　　　香港大学饶宗颐学术馆
图片编辑：曾雅丽

书　　名	苞俊集 BAO JUN JI
出版发行	花城出版社 （广州市环市东路水荫路11号）
经　　销	全国新华书店
印　　刷	佛山市浩文彩色印刷有限公司 （广东省佛山市南海区狮山科技工业园A区）
开　　本	787毫米×1092毫米　16开
印　　张	7.5　6插页
字　　数	140,000字
版　　次	2018年2月第1版　2018年2月第1次印刷
定　　价	38.00元

如发现印装质量问题，请直接与印刷厂联系调换。
购书热线：020-37604658　37602954
花城出版社网站：http://www.fcph.com.cn

50年代,饶宗颐全家福。

1979年,饶宗颐与郭茂基先生及其家人。

1987年，饶宗颐与饶清芬、邓伟雄在武夷山。

2010年8月8日，饶宗颐在莫高窟。

奔牛
莫高二八五窟西魏奔牛，
试图其概。丙戌，选堂。

羊
莫高二百八十五窟，西魏兽
样，以没骨法补制成图。丙
戌，选堂。

三鱼图

饶宗颐、丁衍庸合作。

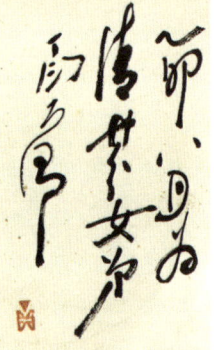

莫高窟题壁／盛唐荷样

目　录

小引 /3

论书　次《青天歌》韵 /4

戴密微先生挽诗　用杜公追酬高蜀州诗韵 /7

郭茂基君以潞琴见假,故人高罗佩旧物也。抚之终日,朱弦三叹,作此谢之。偶讽东坡月石风林屏诗,辄依其韵 /10

挽丁衍庸 /13

答周祖谟 /16

题祝南遗墨 /18

余于一九六三年尝游四刹吉,归途有诗。和坡公至梧示子由韵。十四年后,重临泰京,乡人款遇情谊逾前,而诗坛诸耆宿,于余眷慕尤深,枉赠既夥,感赋奉酬,再叠苏韵 /20

槟城怀康南海四绝示黄晚香 /22

题《高梧轩图》/26

题姚宋画册　用前韵为均量 /29

登慈恩寺塔　次杜韵 /32

北邙山 /34

衡岳　用退之谒衡山庙韵 /36

登祝融峰绝顶 /39

云冈绝句 /40

汾阴道中 /42

夔门登舟拔蒙密,观大宋中兴颂摩崖,次简斋游浯溪韵 /43

白帝城 /45

承德避暑山庄远眺围墙 /46

题烟雨楼六言 /48

访侯马盟书出土遗址 /49

永乐宫/50

中条山二首/51

运城题壁/53

孟源候车/54

郑州机上/55

荐福寺/56

大兴善寺/58

渭水/59

炳灵寺/60

莫高窟题壁/61

大同华严寺展出秘笈，有雍正本《金光明经》，前为宋慈觉大师宗颐序文。记《宋史·艺文志》著录僧宗颐《劝孝文》，深喜名与之同，或有宿缘，因而赋此/62

悬空寺即景/63

翠屏山/64

恒岳/66

合肥即事二首/67

始信峰/69

题画 次倪鸿宝韵/70

西湖 叠坡老昊字韵/71

登严濑钓台 再用前韵/73

食东坡肉 三次前韵/75

交河/77

吐鲁番夕宴/78

天山/79

日月山远瞰青海/80

机上望嘉峪关/81

武夷杂咏/82

题伍蠡甫丈长卷八段锦小景/86

奉题中山大学《纪念陈寅恪教授国际学术讨论会论文集》谨次

其《寒柳堂诗存》最末一首"题有学集高会堂诗"原韵。此次穗垣高会,自史无前例,亦若有宿缘也/91

辛酉中秋日过津门,于博物馆得观八大山人《荷上花》长卷,后有水竹村人跋,惊心动魄,把玩无斁,圆月既升,赴陈国符之招,与其家人欢叙,酒后赋此/92

陪李石根李仲唐诸公,游盝厔楼观,碾药石下作/93

南海神庙浴日亭　次坡老韵/94

澳门普济禅院/96

题陈璇珍画松(一九五九年)/97

观敦煌乐舞忆席君臻贯/99

题《潮剧志》三首/101

湘游小草/104

　　大雨中登岳阳楼/104

　　君山三首/105

　　汨罗屈子祠/106

千帆日昨自南京来书,适有洞庭之行,报之以诗/108

柳毅井/109

陪利荣森先生谒其先代长沙相利仓墓,葬品珍玩之奢,足证王符之说/111

长沙之行,为时虽暂,而历览多方,尤以帛书欣获畅读,归来赋谢熊、陈两馆长/113

一九九六年八月十九日潮州举行饶宗颐学术讨论会赋谢与会诸君子/115

苞俊集

小　引

王褒作《九怀》，其三曰《危俊》，一作《苞俊》。其言曰："陶嘉月兮总驾，搴玉英兮自修。结荣茝兮逶逝，将去烝兮远茝。径岱土兮魏阙，历九曲兮牵牛。聊假日兮相佯，遗光耀兮周流。"余自退居以后，足迹几遍禹城。舟车所至，未废吟哦。友人冯康侯取亭林语为刻一章曰："九州历其七，五岳登其四。"行径华岳时，值悬空鍊断。不获攀陟，无可如何！昌黎犹临崖而号咷，余则尚未识其险也！若岱岭虽登，恨未兴咏，齐鲁青葱，终古未了，以杜公诗在上头，何敢饶舌耶！

记清刘继庄登南岳句云："圣人久不作，岳渎为短气"，然不久遂有船山之出。盖山川荐灵，纵不登昆华。亦有玉英之可采，荣茝之可结。苞俊咀华，是在其人耳。

今存诸篇，亦周流之所历。岂有子渊之光华，聊比翁山之诗外，为前集之续貂，作自修之臙赘云尔。

辛未秋月，选堂记

论书　次《青天歌》韵

　　《青天歌》者，长春真人丘处机之所作也，元混然子王玠道渊尝为之注，谓其演音三十二句，乃按度人经三十二天运化之道（见《道藏·玉诀类》），奇辞奥旨，赖以抉发焉。近年吴中曹澄墓出土署徐渭《青天歌》，知明人喜诵此诗，故形诸楮墨。徐书狂放，颇异常规，向尝肆笔疾写一遍，儿辈付之装池，长逾三丈。一九七九年春在法南，久疏笔研，惟暇复抚琴，睡足饭饱（四字出东坡《题皋亭帖》），重温长春此作，弥有所悟，用广其意以论书。一九八〇年冬，在苏州博物馆获睹原卷，似鸷鸟之乍飞，如崩崖之可怖，洵为上上妙品。而世多议论（如误以《青天歌》为徐渭所作，或目为伪物），窃谓遗迹信足振采，则书者何庸刻舟。操缦之余，复理旧稿，赓和成章。刘海粟告余，其家藏有曹澄画一卷，惜未能一睹也。

　　墨多墨少①均成障，墨饱笔驰参万象。书家定后思无邪②，表假表空神同旺。此心得一天与清③，笔阵崎岖平不平④。会叩诚悬得悬解⑤，此中安处即撄宁⑥。神充力沛锋峻烈，势共郁峰飞澜⑦激，凛凛如鼓风与霆，棱棱⑧潜见水中月。月下何须将笛吹，风吹睿想⑨入希夷⑩。乍连若断都贯串，生气⑪尽逐三光⑫驰。一波一擎⑬含至乐，鼓宫得宫角得角⑭。肥瘦干湿浑相宜，分间毋劳大匠斲⑮。云窗雾囡⑯窈窕音，忽来妩媚⑰挑琴心。风骨翰飞⑱振采处，秾纤⑲眼可无古今。双翩翻飞⑳去羁束，三等㉑何当泯荣辱。自有高秀干青云，待咏舞雩㉒送远曲。离边证妙理当然，管岂有孔琴有弦。㉓以书通道如梦觉，梦醒春晓满洞天㉔。

注释：

①墨多墨少：梁武帝《答陶弘景书》："少墨浮涩，多墨笨钝。"

②思无邪：思想纯正。语出《论语·为政第二》："子曰：《诗》三百，一言以蔽之，曰'思无邪'。"

③"此心"句：此心得道，与天同清。《道德经》："昔之得一者，天得一以清，地得一以宁……"宋·林希逸《老子真经口义》："一者，道也。天之所以清明而垂象，地之所以安静而载物……皆此道也。"

④平不平：以起伏不平为常态。《淮南子·说山训》："日之修短有度也。有所在而短，有所在而修也，则中不平也。故以不平为平者，其平不平也。"

⑤"会叩"句：柳公权对穆宗语"心正则笔正"。

⑥撄宁：道家所追求的一种修养境界，指心神宁静，不被外界事物所扰。

⑦飞澜：波浪。

⑧棱棱：威严的样子。

⑨睿想：皇帝的思虑或系想。此指明睿的思虑。唐·杜甫《朝享太庙赋》："本枝根株乎万代，睿想经纬乎六虚。"

⑩希夷：指虚寂玄妙。《道德经》："视之不见名曰夷，听之不闻名曰希。"河上公注："无色曰夷，无声曰希。"

⑪生气：使万物生长发育之气。《礼记·月令》："〔季春之月〕是月也，生气方盛，阳气发泄，句者毕出，萌者尽达，不可以内。"

⑫三光：古人称自然界发光的三种物体为三光，分别为日、月、星。

⑬一波一磔：即书法中的撇、捺。

⑭"鼓宫"句：宫、角，古代五音中的宫音和角音，指代乐音。

⑮大匠斲：大匠，好的工匠。斲，古同"斫"，用刀、斧等砍劈。《道德经》："常有司杀者。夫代司杀者，是谓代大匠斲，夫代大匠斲者，希有不伤其手矣。"

⑯云窗雾阁：为云雾缭绕的窗户和居室。借指高耸入云的楼阁。唐·韩愈《华山女》诗："云窗雾阁事恍惚，重重翠幔深金屏。"

⑰妩媚：梁武称"纯骨无媚"。退之讥"羲之书趁姿媚"，唐书谓公权书"结体劲媚"，俱以"媚"为书之美。

⑱翰飞：高飞。《诗·小雅·小宛》："宛彼鸣鸠，翰飞戾天。"

⑲秾纤：指艳丽纤巧。宋·罗大经《鹤林玉露》甲编卷六："自陈、黄之后，诗人无逾陈简斋，其诗颇简古而发秾纤"。

⑳双翮：用王次仲化鸟事，见《水经·㶟水注》。

㉑三等：龚定庵论书家有"三等"。

㉒舞雩：古代鲁国求雨的一种祭祀。

㉓ "离边……有弦"句：王混然注云："离种种边，名为妙道。岂管真有孔，而琴有弦耶？这些消息，可以默会。"
㉔ 春晓、洞天：琴曲名《洞天春晓》。

浅解：

　　此诗阐述了书法艺术的真谛，谓书法应与道相结合，心神合一，才能到达自然清明之境，使书风有意无意而成，为最高境界。其中"离边证妙理当然，管岂有孔琴有弦"与陶渊明的"无弦琴"之意相同，有即是无，无即是有，无成无亏，有成有亏，只有浑然天成，才是书法的最高妙道。

　　简译：多墨少墨为书法之弊端，墨饱缓急需要参览万象。书家行笔之前心无杂念，表露假观空观心神合一。获得此种心境自然清明，作书运笔奇险自然不平。处事追求公正笔下无拘，安时处顺即是樱宁之境。精力充沛笔锋自然峻烈，其势与青峰波浪同激荡，风雷凛凛如鼓声般轰鸣，棱棱威风如潜见水中月。月亮之下何须将笛吹响，风吹聪睿之想进入希夷。若连若断实际都将贯串，生命之气尽逐三光而驰。一捺一撇蕴含无上快乐，弹宫即宫音弹角即角音。用墨肥瘦干湿浑然相宜，分间无须劳烦巧匠砍劈。云雾窗阁传来美好之音，忽来妩媚之意挑动琴心。展现风骨尽显精神之处，艳丽纤巧古今无以媲美。化成双鸟纷飞无拘无束，书家三等何以评定好坏。自有高秀之树与云齐平，静待吟咏归风送远之曲。离种种边为妙理所当然，管岂有孔而琴真有弦吗？以书法通道义如同梦醒，梦醒后《洞天春晓》遍天地。

戴密微先生挽诗　用杜公追酬高蜀州诗韵

九原①大雅②不可作,杨柳方荑③伤殂落④。
延年美意⑤只空谈,旧交转眼忽成昨。
梦成盐柱⑥到区夏⑦,学如山海何开廓。
陀邻尼经无量门⑧,总持龙宝⑨费搜略。
谢客⑩微言散霏蕤⑪,梵志⑫畅机⑬追芳寞⑭。
爱我丹青步云林,誉我句势比秋鹗⑮。
泣麟欢凤⑯不堪论,白首他乡空默存。
吟句情殷易箦⑰日,怀人家寄西南坤⑱。
死生非远理难睹,凡夫妄执生迷奔。
微公谁与祛吾惑,挥涕何堪过里门⑲。
书契⑳纪纲㉑久散乱,黑白安能定一尊㉒。
不闻邻笛增腹痛,摩挲遗帙苦招魂。

　　　　　　　　　　　　　一九七九年于巴黎

注释:

①九原:指春秋时晋国卿大夫的墓地,后泛指墓地;亦指九泉,黄泉等。唐·皎然《短歌行》:"萧萧烟雨九原上,白杨青松葬者谁?"
②大雅:称德高而有大才的人。《文选·班固〈西都赋〉》:"大雅宏达,于兹为群。"
③荑:刚长出枝条和嫩芽。
④殂落:凋零。汉·扬雄《羽猎赋》:"于是玄冬季月,天地隆烈,万物权舆于内,徂落于外。"谓死亡。
⑤延年美意:对一切乐观的人,能够健康长寿。《荀子·致士》:"得众动天,美意延年。"
⑥盐柱:位于阿兹多玛,出自《圣经·创世记》。
⑦区夏:诸夏之地,指华夏、中国。《书·康诰》:"用肇造我区夏。"孔传:"始为政于我区域诸夏。"

⑧"陀邻"句：佛经。
⑨龙宝：指汉学。
⑩谢客：谢灵运（385—433），幼名客儿。东晋时代的诗人，中国山水诗的开创者。
⑪霏蕤：花瓣纷飞貌。
⑫梵志：王梵志为唐初白话诗僧，卫州黎阳人。
⑬畅机：通畅无阻。
⑭芴窦：芴窦无形，变化无常。
⑮秋鹗：鹗常被用以喻指有才能的人，如：鹗表（举荐人才的表章），鹗荐（举荐人才）。宋·苏轼《赵郎中见和戏复答之》："我衰临政多谬错，羡君精采如秋鹗。"
⑯泣麟欢凤：即泣麟悲凤。谓哀伤国家衰败。《公羊传·哀公十四年》："孔子因乱世获麟而涕泣，又因凤鸟不至而伤。"
⑰箦：家中的床席，多指人临死时所卧之席。语本《礼记·檀弓上》："曾子易箦。"
⑱西南坤：即西南方。坤卦于《周易》八卦中对应于西南方，故"坤"与"西南"同义，饶公化用了苏轼诗句才会称"西南坤"。《周易·坤卦》卦辞："西南得朋，东北丧朋。"《象传》："'西南得朋'，乃与类行。"《说卦传》："万物出乎震，震，东方也。齐乎巽，巽，东南也。齐也者，言万物之絜齐也。离也者，明也。万物皆相见，南方之卦也。圣人南面而听天下，向明而治，盖取诸此也。坤也者，地也，万物皆致养焉，故曰致役乎坤。兑……"
⑲里门：指称乡里。清·龚自珍《己亥杂诗》之一五○："里门风俗尚敦庞，年少争为齿德降。"
⑳书契：指上古时代的文书。《尚书·序》说："书者，文字。契者，刻木而书其侧，故曰书契也。"
㉑纪纲：网罟的纲绳，引申为纲领。《吕氏春秋·用民》："用民有纪有纲，一引其纪，万目皆起，一引其纲，万目皆张。为民纪纲者，何也？"
㉒"黑白"句：大小事务不管轻重都由皇帝来决策。汉·司马迁《史记·秦始皇本纪》："别黑白而定一尊……天下之事无大小皆决于上。"

浅解：

戴密微（Paul Demiéville，1894—1979），法国汉学家，敦煌学著名学

者，是饶公的挚友。戴密微的离世令饶公痛苦万分。诗歌对戴密微在汉学领域的贡献给予高度评价，对学界失去如此难得的人才备感痛惜，亦对自己失去友人备感哀伤。生离死别，人们无法改变，何况戴密微这样的知音辞世，这种无力感、无奈感在饶公的笔下尤为深切，令人难以承受。

简译：奔赴黄泉高雅无法再作，杨柳新芽初发随即凋落。乐观令人长寿沦为空谈，旧时至交转眼留在昨天。梦成盐柱屹立中华之地，学识如山海般多么开阔。陀邻尼经无量法门奥义，煞费心思搜略研究汉学。微言如谢灵运花瓣纷飞，梵志僧诗畅达无形之境。爱我丹青创作步倪云林，称我文句好比秋鹗之姿。哀伤国家衰败无法谈论，发白身处他乡如此空寂。深情吟诗在此哀伤之日，思家怀友心寄于西南方。生离死别之事不忍见到，凡夫求生之欲令人迷茫。没有您谁能祛除我困惑，擦拭涕泪无脸面对故乡。文书纲领长久已经散乱，大小事务怎由一人定夺。还没听到笛声已经腹痛，抚摸遗稿痛苦为你招魂。

郭茂基①君以潞琴②见假，故人高罗佩③旧物也。抚之终日，朱弦三叹，作此谢之。偶讽东坡月石风林屏诗，辄依其韵

故游藨落④如晨星，老去嗜琴试鼓灵。
殊乡⑤妙手岂易得，空携遥梦寄云屏。
郭子持来潞国宝，敛袂⑥一抚几忘形。
王泽久竭正声寝⑦，龙池⑧有字可推蓂⑨。
当年列品凡三百，藩国⑩好乐比优伶⑪。
神交遗物弥足宝，招魂我欲叩沧溟。
余音激越堪抖擞，振衣若助屈平⑫醒。
三弄⑬不觉日移晷⑭，铿锵韵落太霞庭⑮。
自有寒飔⑯澹相应，踌躇⑰古意到湛冥⑱。
何人还作《风雷引⑲》，立懦⑳端为乞春霆㉑。
《潇湘云水㉒》故人远，客窗残夜月清荧。
座上知音倘共赏，鸿号外野㉓难为听。

余鼓《塞上鸿》。

注释：

①郭茂基：瑞士日内瓦大学教授，香港古琴大师蔡德允老人的弟子，比利时汉学家。1979年4月饶宗颐教授欧洲旅游期间，曾到瑞士并于郭茂基先生家中作《搔首问天》古琴录音。
②潞琴：郭茂基藏品。潞藩造琴始于崇祯癸酉岁（崇祯六年，1633年），年制约三四十，迄甲申岁（崇祯十七年，1644年）。
③高罗佩（1910—1967）：字芝台，是罗伯特·汉斯·古利克的中文名。高罗佩是荷兰汉学家、东方学家、外交家、翻译家、小说家。
④藨落：零落。
⑤殊乡：异乡，他乡。晋·王嘉《拾遗记·轩辕黄帝》："帝乘云龙而游，殊

乡绝域,至今望而祭焉。"

⑥敛袂:整理衣袖,表示敬服。汉·司马迁《史记·货殖列传》:"海岱之间敛袂而往朝焉。"

⑦"王泽"句:国势衰微良久雅乐不作。王泽,即君王的恩泽。王泽久竭,即王道衰微已久,不能恩泽官吏百姓,故而乐工从王官建制中流离,雅乐乃不能作。汉·班固《汉书·礼乐志》:"周道始缺,怨刺之诗起。王泽既竭,而诗不能作。王官失业,雅颂相错。孔子论而定之。"

⑧龙池:琴底的二孔眼之一。上孔曰龙池,下孔曰凤沼。宋·赵希鹄《洞天清禄集·古琴辨》:"雷张制槽腹有妙诀,于琴底悉洼,微令如仰瓦,盖谓于龙池凤沼之弦徽,令有唇,馀处悉洼之。"

⑨推荚:推算日月时间。"荚",蓂荚,亦名历荚。相传尧时,"有草夹阶而生,月朔始生一荚,月半而生十五荚,十六日以后日落一荚,及晦而尽。月小则一荚焦而不落"(《竹书纪年》卷二《帝尧陶唐氏》)

⑩藩国:指朱常涝,他的父亲朱翊镠是明神宗朱翊钧的弟弟,穆宗隆庆五年(1570年)二月被册封为潞王。

⑪优伶:演艺之人。

⑫屈平:屈原(约前342—前278),名正则,字灵均;一名平,字原,楚武王熊通之子屈瑕的后代。创立了"楚辞",也开创了"香草美人"的传统。是我国浪漫主义诗歌的奠基人,我国第一位伟大的爱国主义诗人,世界四大文化名人之一。

⑬三弄:"弄"是"演奏"的意思。"三弄"是指同一段曲调反复演奏三次。

⑭移晷:日影移动,犹言经过了一段时间。《汉书·王莽传上》:"人不还踵,日不移晷,霍然四除,更为宁朝。"

⑮太霞庭:即天空。

⑯寒飔:寒风。宋·曾巩《送刘医博》诗:"深冬山城万木落,阴气荡射生寒飔。"

⑰踌躇:从容自得的样子。《庄子·养生主》:"提刀而立,为之四顾,为之踌躇满志。"

⑱湛冥:深沉玄默。《汉书·王吉贡禹等传序》:"蜀严湛冥,不作苟见,不治苟得,久幽而不改其操,虽随和何以加诸?"

⑲风雷引:汉族古琴名曲,此曲为中国周朝鲁国人贺云所作。乐曲描写雷雨大作的情景,从风雨欲来的酝酿之势,进入迅雷烈风、阵雨如注的磅礴气势。雷声隆隆,风声萧萧,尚有欲罢不能之势,最后以雨过天晴而结束。

本曲节奏奇纵突兀，苍郁险峻，气势威武雄壮，散发出汉民族传统文化的精神、气质、神韵。

⑳立懦：指高尚的节操可以激励人振奋向上。语出《孟子·万章下》："故闻伯夷之风者，顽夫廉，懦夫有立志。"

㉑春霆：春天的雷霆。

㉒潇湘云水：汉族古琴曲，作者为南宋古琴演奏家、作曲家、教育家及浙派的创始人郭沔。

㉓鸿号外野：孤鸿哀号，谓人之孤独感。魏晋·阮籍《咏怀八十二首·其一》："孤鸿号外野，翔鸟鸣北林。"

浅解：

饶公有幸见得郭茂基所藏潞王古琴，用之弹奏《塞上鸿》曲。由此阐述了此琴的由来以及音色的卓绝。朱常淓爱好古董书画，特别是古琴，除编撰琴谱外，还自己监制琴数百张传世，名为"潞琴"。饶公由诉琴转而描写音乐之美，将音乐对人的感染和感化作用用优美之辞表现出来，亦体现了饶公对文艺的酷爱和追求"人琴"合一的恬然心境。

简译：往日之游如同晨星零落，老来嗜好琴艺尝试鼓奏。身在他乡妙手也难施展，空携遥远梦想寄情云屏。郭子持来国宝潞王古琴，整理衣袖轻抚让人忘形。王泽早已衰竭雅乐消失，龙池刻字可以推算年月。当年制作之琴总共三百，潞王喜好音乐超过艺人。与之神交遗物弥足珍贵，为你招魂我要叩问苍天。余音绕耳激越令人抖擞，整理衣衫若助屈平苏醒。反复演奏不觉日影移动，铿锵之韵飘至云霞之空。自有寒风恬然交相呼应，从容古意而至深沉玄妙。还有谁弹奏《风雷引》名曲，振奋人心乞求春天惊雷。《潇湘云水》古人远在他方，旅舍窗户残缺夜月清荧。在座知音或许共同赏略，孤鸿野外鸣叫不忍细听。

挽丁衍庸①

圣诞前来法南，十二月二十六日在万斯（Vence）访芦沙教堂（Chapelle du Rosaire），马蒂斯（Henri Matisse）寻丈画样三幅在焉，绘于砖砌之壁上，纯墨不设色，笔势纵横。欧洲宗教画之尤瑰奇者也。亟驰书与丁衍庸先生，谓公学马蒂斯，若此类画，马蒂斯应学公，公且有过之，不知尝莅此一游否。书未达而君已于是月二十三日谢世。平生未通书札，此为初次，而君竟不及见，悲夫！为诗以哭之。用东坡次王定国南迁韵。

墨可从心如治水，笔不求铦②懒加砥③。
适来④海角不知年，思君聊寄一端绮⑤。
我书未达君已瞑，三号⑥还仗此双鲤⑦。
至人⑧相喻不蕲言⑨，视弃其世如遗履⑩。
马家旧迹苦摩挲，欲说与君徒聒耳⑪。
笔墨双遣⑫况设色⑬，休较夭桃⑭与秾李⑮。
雪个⑯所得一何廉，君尝于斯三洗髓⑰。
上神乘光⑱不待光，无何有里真吾里。
我早劝君捐故技，自足裁形非取拟。
彷徨何必计东西，欲问故乡随脚⑲是。
看花走马质⑳已无，运斤㉑谁与证缘起。

注释：

①丁衍庸：字叔旦，号肖虎、丁虎；后改名丁鸿，广东省茂名县（今高州市）谢鸡镇茂坡村人。日本川端画学校、东京美术学校毕业。擅长西画、中国画、书法。中国现代美术的重要倡导者之一，现代著名国画家、油画家、篆刻家、美术教育家。

②铦：锋利。

③砥：磨。

④适来：往来。《国语·周语中》："其适来班贡，不俟馨香嘉味"。

⑤端绮：丝缎，代指书信。

⑥三号：三次号哭。《礼记·丧大记》："北面三号。卷衣投于前"。

⑦双鲤：双鲤，古时汉族对书信的称谓。纸张出现以前，书信多写在白色丝绢上，为使传递过程中不致损毁，古人常把书信扎在两片竹木简中，简多刻成鱼形，故称。典故最早出自汉乐府诗《饮马长城窟行》："客从远方来，遗我双鲤鱼。呼儿烹鲤鱼"。

⑧至人：道家指超凡脱俗，达到无我境界的人；思想或道德修养最高超的人。《庄子》第一章《逍遥游》中载："至人无己，神人无功，圣人无名。"

⑨蕲言：追求华丽文采。

⑩遗履：遗弃之鞋。

⑪聒耳：指声音刺耳。《韩非子·显学》："今巫祝之祝人曰：'使若千秋万岁。'千秋万岁之声聒耳，而一日之寿无征于人。"意指交流。

⑫双遣：双向选择，亦是否定方法论。

⑬设色：敷彩，着色。唐·柳宗元《省试观庆云图》诗："设色初成象，卿云示国都。"

⑭夭桃：出自《诗·周南·桃夭》："桃之夭夭，灼灼其华。"后以"夭桃"称艳丽的桃花。

⑮秾李：李花开得繁盛。

⑯雪个：明末清初书画家八大山人常用的字之一。八大山人（约1626—约1705），名朱耷，本名朱统托，江西南昌人。

⑰洗髓：道教谓修道者洗去凡髓，换成仙骨，亦比喻彻底改变思想、习性。旧题汉·郭宪《洞冥记》卷一："吾却食吞气已九千余岁，目中瞳子色皆青光，能见幽隐之物，三千岁一反骨洗髓，二千岁一刻骨伐毛，自吾生已三洗髓五伐毛矣。"

⑱上神乘光：神人驾驭着光亮，谓精神超脱。《庄子·天地》"上神乘光，与形灭亡，此谓照旷。"

⑲随脚：随处。宋·范成大《戏答淡庵小偈》诗："故乡随脚是，流浪不知休。"

⑳质：对象，特指能与己进行思想性交流的对象。

㉑运斤：亦系用《庄子》"匠石运斤"典，指自己失去丁衍庸，犹如庄子失去惠施，谈画已无对象。

浅解：

饶公访芦沙教堂（Chapelle du Rosaire），马蒂斯（Henri Matisse），感觉中国画家丁衍庸的画风可与欧洲宗教画媲美，或有过之。然初次与丁公通书信，不料丁公已经辞世，在惊叹惋惜的同时，亦将其对笔法与构图的探讨寄言于缅怀之诗之中。谓"上神乘光不待光，无何有里真吾里"的超然脱俗之境、自由创作而不要刻意模仿的独立精神才是画家应当追求的风格，诗末对画风的效法提倡东西结合，不拘一格。同时亦表达了饶公"故乡随脚是"，"心安"即"吾乡"的随遇而安的情怀。

简译：墨法跟从心意如同治水，笔端不求锋利懒加砥砺。往来海角天涯不知年岁，思念君卿聊寄一封书信。我的信函未达君已谢世，凭吊还须依仗此封书信。高人相互赞赏不求繁言，看世俗之事如遗弃之鞋。马蒂斯旧迹费我苦端详，本想要与君卿探讨细说。斟酌笔墨况且敷彩着色，莫要将桃花与李花相比。八大山人所得淡然无极，君曾于他身上改变画风。神人驾驭光亮不待光亮，没有内在才是真正内在。我早劝君展现传统技艺，自己创作而非效法模仿。画技源流何必计较中西，此艺宗师在处即为正根。观画已无对象可与交流，纵有慧眼又能共谁谈论。

答 周 祖 谟①

畴日②摊书向往深,春风南国豁灵襟③。
平生浪学蒙相许④,珍重锄荒⑤汲古心。

注释:

①周祖谟(1914—1995):字燕孙,中国文字、音韵、训诂、文献学家。
②畴日:昔日,往日,以前,从前。《文选·丘迟〈与陈伯之书〉》:"见故国之旗鼓,感生平于畴日。"
③灵襟:胸怀。唐太宗《初春登楼即目观作述怀》诗:"凭轩俯兰阁,眺瞩散灵襟。"
④相许:赞许。宋·王禹偁《谪居感事》诗:"流辈多相许,时贤亦见推。"
⑤锄荒:整理旧学,与"汲古"之义相近。宋·陆游《寄酬曾学士》:"几时得从公,旧学锄荒芜。古文讲声形,误字辨鲁鱼。时时酌井泉,露芽奉瓢盂。不知公许否?因风报何如。"

浅解:

　　此诗是饶公答周祖谟,交流读书心得。诗歌表达非常感激周祖谟的赞许,亦体现了饶公以读书为乐、虚心求教的真性。
　　简译:往日读书对君向往至深,春风莅临南方心胸豁开。平生乱学承蒙君卿抬举,珍重你我整理旧学之心。

　　　　　　南北相望意独深,尺书①和雪洗烦襟②。
　　　　　　月明千里漫伤别,远隔天涯共此心。

注释:

①尺书:指书信。汉·赵晔《吴越春秋·勾践归国外传》:"越王悦兮忘罪除,吴王欢兮飞尺书。"

②烦襟：烦闷的心怀。

浅解：

　　此诗表达了饶公对周祖谟的思念和对两人有共同喜好而惺惺相惜之情。

　　简译：南北相望思念如此深切，书信伴着飞雪洗涤烦襟。千里明月弥漫离殇别情，远隔天涯海角共此一心。

题祝南①遗墨

中山大学迁澄江，余受聘，因疾未赴。

诠宋②如笺郑③，辨骚④已迈刘⑤。
微言存《寄托》⑥，身世属离忧。
汲古尊黄耇⑦，挂瓢⑧忆白鸥⑨。
平生最怅悒⑩，契阔⑪滇池头⑫。

注释：

① 祝南：詹安泰（1902—1967），字祝南，号无庵，又曾署无想庵，饶平县新丰楼仔村人。韩山师范学院教员、金山中学教员，中山大学教授、中文系主任、古典文学研究室主任。他是我国著名的古典文学专家，尤精于诗词的创作和研究，有"南詹北夏，一代词宗"、"岭南一大家"之誉。
② 诠宋：研究宋代词学。
③ 笺郑：汉·郑玄对《毛诗》所做的解释叫《郑笺》。此指如同为郑玄所作的《毛诗》注释再加补注一般。
④ 辨骚：辨析《离骚》。
⑤ 迈刘：超过刘勰。南北朝·刘勰《文心雕龙》有《辨骚》篇。
⑥ 寄托：1936年詹安泰在龙榆生主编的《词学季刊》发表《论寄托》一文，纠正了清代词学重要观念"寄托说"的理论缺失，拓展了它的理论内涵，引起词学界重视。
⑦ 黄耇：老人之称，此指先辈。
⑧ 挂瓢：《太平御览》卷七六二引汉蔡邕《琴操》："许由无杯器，常以手捧水。人以一瓢遗之，由操饮毕，以瓢挂树。风吹树，瓢动，历历有声。由以为烦扰，遂取捐之。"后以"挂瓢"为隐居或隐者傲世的典故。
⑨ 白鸥：白鸥飞翔，喻指向往自由。
⑩ 怅悒：惆怅不乐。
⑪ 契阔：勤苦。《诗经·邶风·击鼓》："死生契阔，与子成说。"毛传："契阔，勤苦也。"

⑫滇池头：云南的别称。

浅解：

饶公此诗对詹安泰的词学、楚辞学成就评价极高，胜过郑玄注《毛诗》，超越刘勰辨离骚，治学遵循古法，精神向往自由。诗歌结尾阐述了饶公因疾无法与其同赴云南而感到惋惜惆怅。

简译：研究宋词胜过《郑笺》，辨析离骚超过刘勰。言论寄存《寄托》之文，身世多舛实属离忧。遵守古法尊崇先辈，蔑视世俗向往自由。平生最为惆怅不乐，辛苦耕耘云南之境。

余于一九六三年尝游四刹吉,归途有诗。和坡公至梧示子由韵。十四年后,重临泰京,乡人款遇情谊逾前,而诗坛诸耆宿,于余眷慕尤深,枉赠既夥,感赋奉酬,再叠苏韵

黎民奔徙自桂湘,禹迹①能不包炎方②。
我昔遥临四刹吉,穷边③九壤④何茫茫。
重来父老情弥重,钟爱使我心中藏。
回头十四年间事,饱看松柏参天长。
忆昔天历歌回使,黄骊青骓⑤驰相望。
温柔敦厚德化远,春秋未作诗岂亡⑥。
天畀群公主风雅,要使兹意留遐荒⑦。
便能朔译通南讹⑧,十洲行处皆吾乡。

日友白鸟芳郎编《瑶人文书》中有《(游)梅山书》,其抄书人董胜利,自言"在广西来泰国"。梅山则在湖南安化县。

元朝天历间,江东罗徽作暹国回使歌,王尚志有和作,见《皇元风雅》后集。

注释:

① 禹迹:相传夏禹治水,足迹遍于九州,后因称中国的疆域为禹迹。语出《书·立政》:"其克诘尔戎兵,以陟禹之迹"。
② 炎方:泛指南方炎热地区。《艺文类聚》卷九一引三国·魏·钟会《孔雀赋》:"有炎方之伟鸟,感灵和而来仪。"
③ 穷边:荒僻的边远地区,此处指地处华夏边缘之处的泰国。唐·黄滔《塞下》:"匹马萧萧去不前,平芜千里见穷边。"
④ 九壤:九州。三国·魏·曹植《文帝诔》:"朱旗所剿,九壤被震。"
⑤ 黄骊青骓:指马。
⑥ "春秋"句:此处教化良好、民风淳朴。《春秋》与《诗》皆儒家经典。

《孟子·离娄下》："王者之迹熄而《诗》亡，《诗》亡然后《春秋》作。"孟子此语，是认为：《诗》是采风而成，若圣王之时，民间自有颂声，王庭中乐工也自然创制合度，故随意采编成《诗》经，即可用以行教化之事；等到圣王不再出现，颂声不作，就不能采《诗》而行教化，只能靠《春秋》经记史事而传达微言大义，在衰世中力求拨乱反正。饶公此处指其地教化良好，仍可以《诗》为教，未至《诗》亡《春秋》作之世。

⑦遐荒：边远荒僻之地。汉·韦贤《讽谏》诗："彤弓斯征，抚宁遐荒"。

⑧南毗：即南毗，印度南部沿海国度，属西洋国范围。

浅解：

饶公重游泰国四刹吉，回顾十四年前当地百姓的情谊以及诗坛先辈的睿智，感慨颇深，因作此诗，表达对四刹吉温柔敦厚民风的崇敬，对自己长年在外羁旅生活而能遇到许多志同道合之士感到温馨，由衷感叹只要天地有情到处皆可成为自己的故乡。

简译：黎民百姓迁徙来自湖广，足迹怎么能不包括南方。过往我自远方到四刹吉，跨越九州来此遥远荒境。故地重游乡亲情谊弥重，钟爱之情使我心藏温馨。回头十四年来发生之事，看遍松柏长成参天大树。忆天历年罗㒲作回使歌，黄骊马青骅马奔驰相望。温柔敦厚德声传遍千里，《诗》教仍在不须《春秋》拨乱。上天意让公卿推崇风雅，就是要使此意长留荒地。便能从北境迁毗到南方，十洲行处皆是我的故乡。

槟城①怀康南海②四绝示黄晚香

夏云筛月认前踪③，王路④仓皇比教宗⑤。
莫道婆娑⑥生意尽，移风⑦尚有柳丝松。

注释：

①槟城：马来西亚十三联邦州之一。首府乔治市为马来西亚重要港口，是全国第三大城市。

②康南海：康有为（1858—1927），原名祖诒，字广厦，号长素，又号明夷、更甡、西樵山人、游存叟、天游化人，广东省南海县丹灶苏村人，人称康南海，中国近代政治家、思想家、教育家。

③认前踪：清朝末年，康有为流亡海外曾客居槟城，住在大庇阁中，此段时间写的诗结集为《大庇阁诗集》。槟城极乐寺至今尚有康有为所题"勿忘故国"四字。

④王路：指康有为戊戌变法之事。饶公曾研究王莽，熟悉其事。《汉书·元后传》中，曾有人上奏弹劾王莽的叔父王根"蔽上壅下，内塞王路，外交藩臣"。此处"王路"指君王获知下臣进奏的耳目视听之路。又《汉书·王莽传》中，王莽代汉自立后，"改……公车司马曰王路四门"。"公车司马"即主管接待上奏者的官吏，候值于宫门；王莽改制所称的"王路"，亦取"君王言路"之意。又，康有为曾发起"公车上书"之事，故饶公以"王路"代指康有为的所有变法之努力。

⑤教宗：指儒家，结合语境或具体指孔子。康有为视儒家为一种宗教，即"儒教"，用以与西方基督教等相敌，又视孔子儒教传统重要的"素王"，即"教主"（"孔子为素王……凡教主尊称，皆取譬于人主"）。辛亥革命后，康有为不再被通缉，乃自海外返回国内，一度住在杭州康庄。康庄有"人天庐"，康有为其时曾撰联《再题浙江省杭州市西湖人天庐》，上联开头即谓"沧桑多迁，陵谷多易，教宗多劫，国土多沦"。此联的"教宗"，显然指儒教。而本诗中的"教宗"，亦不可谓关乎基督教、佛教等，只当涉指儒教。更具体地，即指教主孔子。康有为欲效力人主，后不得不逃难海外，令饶公想到了孔子周游列国，向诸侯提出政治主张，却因于陈蔡间

之事。

⑥婆娑：犹扶疏，纷披貌。南朝·宋·刘义庆《世说新语·黜免》："殷因月朔，与众在听，视槐良久，叹曰：'槐树婆娑，无复生意。'"

⑦移风：转变风向、风气，具体指康有为有戊戌变法期间进行的反缠足等移风易俗行为。晋·潘岳《笙赋》："乐所以移风于善。"

浅解：

此诗以只言片语将康有为戊戌变法之事的功绩和影响蕴含诗中，虽然变法失败，但移风易俗之果已经深入人心，无法磨灭。

简译：夏云遮蔽明月追溯前踪，勤王之路仓皇堪比儒宗。莫道枝叶扶疏生意已尽，移俗新风终使柳丝拂动。

> 大庇堂前日已斜，吻矶①门巷有朱家②。
> 可怜北阙③三千牍，剩付南天一片霞。

注释：

①吻矶：在建筑学角度上，吻也称"正吻""大吻"，是明清时期建在屋顶正脊两端的装饰构件，这一装饰的形象类似于螭吻，龙口打开，咬住正脊。

②朱家：汉初鲁地侠士。汉·司马迁《史记·游侠列传》："鲁朱家者，与高祖同时。鲁人皆以儒教，而朱家用侠闻。所藏活豪士以百数……专趋人之急，甚己之私。"后以朱家泛指侠士，此处指英海门总督亚历山大。

③北阙：古代宫殿北面的门楼，是臣子等候朝见或上书奏事之处。

浅解：

日落时分饶公来到康有为住过的大庇阁，用《史记》中的"朱家"借指亚历山大对康有为的帮助。诗中感叹康有为曾六次上书，奏疏三千，在历史面前堪比南天一片霞，显得渺小。感叹岁月兴衰更替，人力无能为力。

简译：大庇阁堂前的日影已斜，吻矶门巷内有鲁地侠士。可怜上书清帝三千奏牍，只剩付诸南天一片红霞。

繁碧依然到户庭,小红花好共谁登。
楼台梦后仍高锁①,蔓草由来管废兴②。

注释:

① "楼台"句:化用宋·晏几道《临江仙》词:"梦后楼台高锁。"
② "蔓草"句:意为荆棘。"蔓草"之语出自唐·李白《古风》中"王风委蔓草,战国多荆榛"句。

浅解:

    大庇阁前的草木不知人事改,繁荫绿树依旧屹立,昔人早已不在,唯有饶公独自凭吊康有为。

    简译:繁荫绿树依然屹立户庭,绿叶红花好谁与我同登。深夜梦回楼台朱门紧锁,蔓生荆棘向来反映废兴。

投止望门①历大艰,鹤山留墨②在人间。
风前忍讽绝交论③,畸士④徒思秦力山⑤。

注释:

① 投止望门:即望门投止。逃难或出奔时,见有人家就去投宿,求得暂时存身。后泛指在仓猝情况下,来不及选择存身的地方。南朝宋·范晔《后汉书·张俭传》:"俭得亡命,困迫遁走,望门投止,莫不重其名行,破家相容。"
② 鹤山留墨:康有为在青岛(墨鹤山)留下诗刻。
③ 绝交论:秦力山与康有为绝交之事。
④ 畸士:犹畸人,独行拔俗之人。
⑤ 秦力山(1877—1906):自立军统领。原名鼎彝,也名邮,字力山,别号遁公、巩黄。原籍江苏吴县,善化(今属长沙)人。光绪二十六年(1900)夏天,秦力山去天津联系义和团,想要改"扶清灭洋"口号,没有结果。到武汉参加唐才常等所组自立军,任前军统领。七月去安徽主持

大通一路自立军起义，与清军激战数日。失败后，到新加坡，知康有为贪污公款劣迹，遂与绝交。复至日本东京，与陈犹龙等同责梁启超。至此，他由亲近康、梁转而接近孙中山，并在《清议报》上撰文讥讽康、梁保皇行为。

浅解：

康有为戊戌变法在当时的社会下非常艰难，变法失败后流亡海外，众叛亲离，让人感到惋惜。饶公对康有为的大举既崇敬又同情，政治的失败归根结底不是因为康有为，而是当时的政治与社会的局限性。

简译：望门投止经历大艰大难，鹤山留下墨迹长存人间。风前不忍讽刺绝交之论，独行拔俗让人想到秦力山。

题《高梧轩①图》

赵叔雍《高梧轩图》流落香港,卷尾词流题句累累,均嘱命再赞一词。坡老赠僧潜诗云:"多生绮语磨不尽。"怅触②无耑③,因次其韵。

霜黄月白画笔清,词家妙句赋流形④。
开袟⑤琼琚⑥纷满眼,浑同大吕陈元英⑦。
独嗟斯人去已远,九京⑧可似庄湛冥。
抚卷怀人增叹息,羁栖南服⑨岁峥嵘。
鏖诗⑩隔海起废疾⑪,相与磨砻⑫发新硎⑬。
窜身密箐⑭蔽天日,琢句往往鬼神惊。
时移事比风埃散,龙泉流落在丰城⑮。
秋风冢上吹不已,高梧坠叶满空庭。
文辞感激思畴日,故交寥落如晨星。
微言徒有知者识,陈迹尤喜时争迎。
有才如此岂世出,由来意重泰山轻。
多生绮语⑯销不尽,苏髯⑰最达诗人情。
欲以文会天下士,掉臂⑱何意沧海行。
松楸⑲万里兴慕久,相寻逝没泣孤茕⑳。
人世何能免新故㉑,春华露草悲枯盈。
泉流俯镜㉒川阅水,日月逾迈㉓叹于征。
题诗不期生掩抑㉔,低吟剩有胆肝倾。

注释:

①高梧轩:赵叔雍(1898—1965),名尊岳,斋名高梧轩、珍重阁。
②怅触:惆怅感触。胡蕴《近感》诗:"怅触无端梦一场,遐思畴昔寄江乡。"

③无耑：即无端。

④流形：形体。

⑤开袟：犹开卷。南朝·梁·江淹《杂体诗·效谢惠连》："点翰咏新赏，开袟莹所疑。"

⑥琼琚：比喻美好的诗文。唐·韦应物《善福精舍答韩司录清都观会宴见忆》诗："忽因西飞禽，赠我以琼琚。"

⑦大吕陈元英：大吕，钟名；元英，燕国宫殿。汉·刘向《战国策·乐毅报燕惠王书》："大吕陈于元英，故鼎反乎历室，齐器设于宁台。"

⑧九京：犹九泉，指地下。宋·叶适《翁诚之墓志铭》："不忮不求，归全其生乎，不从古人于九京乎？"

⑨南服：南方之地。

⑩麎诗：兴起作诗。

⑪废疾：谓有残疾而不能做事。《礼记·礼运》："矜、寡、孤、独、废疾者皆有所养。"

⑫磨砻：磨练，切磋。唐·刘禹锡《酬湖州崔郎中见寄》诗："磨砻老益智，吟咏闲弥精。"

⑬新硎：新磨的刀。

⑭密菁：美好的事物。

⑮"龙泉"句：龙泉，古代名剑。即太阿剑。后世诗文用"丰城剑"赞美杰出人才，或谓杰出人才有待识者发现。

⑯绮语：美妙的词语。宋·苏轼《登州海市》诗："新诗绮语亦安用？相与变灭随东风。"

⑰苏髯：即苏轼。

⑱掉臂：甩动胳膊走开，表示不顾而去。《史记·孟尝君列传》："日暮之后，过市朝者掉臂而不顾。"

⑲松楸：松树与楸树，墓地多植，谓怀念故乡，悼念亲人。南朝·齐·谢朓《齐敬皇后哀策文》："陈象设于园寝兮，映舆锾于松楸。"

⑳孤茕：孤独，无依无靠。三国·魏·曹丕《短歌行》："我独孤茕，怀此百离。"

㉑新故：新与旧。《韩非子·五蠹》："夫古今异俗，新故异备。"

㉒泉流俯镜：俯身下视以照影。晋·潘岳《怀旧赋》："仰睎归云，俯镜泉流。"

㉓日月逾迈：日月前行，指时光流逝。《书·秦誓》："我心之忧，日月逾迈，

若弗云来。"

㉔掩抑：低沉抑郁。唐·白居易《琵琶行（并序）》："弦弦掩抑声声思"。

浅解：

　　赵叔雍《高梧轩图》流落香港，饶公为此画作以苏东坡诗意赋诗，以此勉励友人以及自己："多生绮语磨不尽。"表达了自己对吟诗赋文的喜爱，诗中表达了对家乡、亲人的思念之情。

　　简译：霜泛黄月皎白画笔清新，词家绝妙之句赋予形体。打开诗卷美文满目琳琅，如同大吕钟陈列元英殿。独自嗟叹昔人已经逝去，九泉之下可会深沉玄默。轻抚书卷怀人平增叹息，羁旅栖息南地岁月峥嵘。隔着海岸赋诗忘却疾病，切磋如磨刀越磨越锋利。窜身美好之物天日遮蔽，琢磨诗句往往鬼神惊叹。时间推移往事如风尘散，龙泉宝剑流落到了丰城。秋风在荒冢上吹拂不已，高梧落叶洒满空寂庭院。文辞激昂令人思忆往日，旧交友人寥落如同晨星。只言片语徒有知音识得，过去事迹争从脑海呈现。才能如此岂让世人遗忘，由来情意比泰山还更重。美妙之词层出无穷无尽，苏髯翁最能体现诗人情。想要以文章会天下才士，挥臂而去何怕沧海远行。松楸远在万里思慕已久，相寻消逝孤独使人抽泣。人世怎能避免新旧更替，春花露草绽放而又枯萎。俯身下视照影阅尽山川，时光流逝感叹还在征途。题写诗歌难料萌生抑郁，低声吟诵剩有胆肝倾听。

题姚宋①画册　用前韵为均量②

渐江③画笔冷且情，向来上智不论形。
枯禅④流风终不沫，衍派⑤姚祝⑥尤瑰英。
临池拂纸生萧槭⑦，端居老屋坐沉冥。
绵蛮⑧鸟语春未老，胸中丘壑兀峥嵘。
化圆为方多折笔，一峰胎息⑨加砻硎⑩。
值月相邀忘世改，与猿同宿不心惊。
松风出碉幽韵远，收视无待⑪取倾城。
山似波涛多起伏，水于寥廓等门庭。
转翠谁人开胜境，鉴古有眼如曙星⑫。
画者凝神载营魄⑬，赏者应物不将迎。
障道⑭纯情已即惰，游方⑮何计避重轻。
因正得奇岂貌似，命意⑯幽深非世情。
今看笔墨结涩处，昏鸦数点孤舟行。
危桥濯足数飞鸟，千里入望心忧茕⑰。
丹青信可涤玄览⑱，含情自昔易为盈。
瓜子能镌诸罗汉，尺幅使我咏遐征⑲。
绝技于今难再见⑳，披图畴不寸心倾。

注释：

① 姚宋：字雨金，号野梅、木石闲人、三中道者。长于工画，山水、人物、花鸟、虫鱼、兰竹，以及指头、木片、西洋编纸等画靡不工。据传能于瓜仁上画十八阿罗汉，诚为绝艺。为清代新安派画家之一。
② 均量：刘作筹（1911—1993），字均量，广东潮安人。书画鉴赏家、收藏家。
③ 渐江：代指姚宋。
④ 枯禅：佛教徒称静坐参禅为枯禅。因其长坐不卧，呆若枯木，故又称枯

木禅。

⑤衍派：后世承接祖脉之人。

⑥姚祝：姚即姚宋，祝为祝昌。祝昌，字山嘲，安徽广德人（一作安徽舒城人），清代画家。

⑦萧槭：凋零，零落。唐·杜甫《法镜寺》诗："婵娟碧藓净，萧槭寒箨聚。"

⑧绵蛮：《诗·小雅·绵蛮》："绵蛮黄鸟，止于丘阿。"历来诗文中多用小鸟、鸟声二说，指小鸟或鸟鸣声。

⑨胎息：语见《抱朴子·释滞》："得胎息者，能不以口鼻嘘吸，如在胞胎之中。"就是说不用口和鼻子呼吸，如在孕胎之中，即是胎息。

⑩砻硴：用砻去磨掉稻壳。

⑪无待：是指人的思想及行为不受任何条件的制约和束缚，无所依赖、无所凭借，摆脱了客观世界的束缚，是一种精神的绝对自由状态。庄子《逍遥游》："足于己，无待于外之谓德。"能够做到"无待"，也就基本上可以做到自由逍遥了。

⑫曙星：拂晓之星。多指启明星。《宋书·后妃传·孝武帝王皇后》："夕不见晚魄，朝不识曙星。"

⑬营魄：魂魄。西晋·陆机《吊魏武帝文》："迨营魄之未离。"

⑭障道：佛教语，障碍。

⑮游方：游于方内，指在尘世之中。语出《庄子·大宗师》："孔子曰：'彼，游方之外者也；而丘，游方之内者也。'"

⑯命意：寓意，用意。常用指作文、绘画等的确立主旨。宋·邓椿《画继·山水林石·陈用之》："宋复古八景，皆是晚景，其间《烟寺晚钟》《潇湘夜雨》，颇费形容……盖复古先画而后命意，不过略具掩霭惨淡之状耳。"

⑰忧茕：忧心茕茕。

⑱涤玄览：排除一切杂念。《道德经》："涤除玄览，能无疵乎。"

⑲遐征：远行，远游。宋·陆游《夜闻湖中渔歌》："峡猿失侣方独宿，沙雁垂翅犹遐征。"

⑳"绝技"句：姚宋能于瓜子上绘十八罗汉。

浅解：

姚宋可在瓜子上作画，为古今绝艺。其画风取法自然，能够不媚于俗。

饶公诗歌饱含对姚宋的赞赏之意,亦在诗中表达了自己追求"无待"的道家之境,唯有摆脱世俗之缚,才能使精神独立于世界。

简译:姚宋画作笔下冷艳有情,向来真正之智不重其形。枯禅的风格终究能传承,姚宋祝昌尤是瑰宝精英。临池展开纸卷树叶零落,端居老屋静坐低沉冥寂。绵蛮鸟鸣之声春未离去,胸中囊括兀傲峥嵘丘壑。化圆为方技法多是折笔,山峰节奏气息细致打磨。适逢月夜相邀忘却世俗,与山中猿猴同宿不心惊。松风自山谷出幽静韵远,尽收眼底"无待"自然倾城。山如同波涛连绵而起伏,水尤空旷深远等平门庭。天地变得翠绿谁开胜境,鉴赏古画眼力如启明星。作画之人凝神寄托灵魂,赏画之人应景无须迎合。阻碍纯美之情已是懒惰,云游四方何曾计较重轻。因心正得奇状岂是相似,寓意幽深绝非世俗之情。现在看那笔墨结涩之处,黄昏鸦鹊数只伴舟而行。破败桥下洗足惊起飞鸟,千里尽入眼底心中忧愁。画作可以令人祛除杂念,饱含深情自古变得盈满。瓜子能够镌刻诸位罗汉,尺幅之中使我思绪飘远。此绝技在今天难以再见,展开画卷处处让人心倾。

登慈恩寺塔　次杜韵

发迈①自岷陇，我行殊未休。
顾瞻千里原，莽荡②已忘忧。
四塞③有山河，古迹难尽搜。
塔势可撑天，凿险更缒幽④。
万国争登临，声教⑤东西流。
俯窥一气青，濛濛值残秋。
汉武拓河西，宛马⑥复可求。
西胡断右臂，荐草⑦入吾州。
太宗置安西，突厥安足愁。
耽耽强邻迩，尚阻昆仑丘。
登高感喟生，凌虚⑧足可投。
向来论形胜⑨，所贵在人谋。

注释：

①发迈：启行。《艺文类聚》卷三二引汉·徐淑《答夫秦嘉书》："想严妆已办，发迈在近，谁谓宋远，企予望之！"
②莽荡：辽阔无际。汉·班固《北征赋》："野萧条以莽荡，迥千里而无家。"
③四塞：指四方屏藩之国。《礼记·明堂位》："四塞，世告至。"
④"凿险"句：清·袁枚《随园诗话》卷六："诗贵温柔，而公性情刻酷，故凿险缒幽，自堕魔障。"
⑤声教：声威教化。《尚书·禹贡》："东渐于海西，被于流沙，朔南暨声教，讫于四海。"
⑥宛马：古代西域大宛所产的名马，后亦泛指北地所产好马。《汉书·张骞传》："得乌孙马好，名曰'天马'。及得宛汗血马，益壮，更名乌孙马曰'西极马'，宛马曰'天马'云。"
⑦荐草：茂盛的牧草。《管子·八观》："荐草多衍，则六畜易繁也。"
⑧凌虚：升向高空或高高地悬挂在空中。三国·魏·曹植《节游赋》："建三

台于前处，飘飞陛以凌虚。"

⑨形胜：谓地理位置优越，地势险要。《荀子·强国》："其固塞险，形埶便，山林川谷美，天材之利多，是形胜也。"

浅解：

饶公登慈恩寺塔，感受一览众山小的境地。并由登高联想到历史事迹，当年汉武大帝开拓河西，唐太宗置军安西，用强大的军事实力震慑了周边强国，扩大了疆域，使百姓不再饱经战乱困扰。饶公在诗中告诉我们，中华民族的所有丰功伟绩不在于"运气"，而在于"人为"。

简译：自岷陇之地而启行，我等之行不曾停休。瞻前顾后千里平原，辽阔无际让人忘忧。四方边境山河遍布，历史古迹难以尽览。寺塔之势可以撑天，追求峻险幽奇之境。各方之士争相登临，声名传到五洲四海。俯视天地尽是青绿，迷迷蒙蒙正值秋末。汉武大帝开拓河西，汗血宝马可以寻觅。西边胡人断了右路，牧草之地成了我州。太宗置军安西之地，不再顾虑突厥异族。强大邻国虎视眈眈，尚有昆仑山川阻挡。登高感喟人生短促，升向高空足迹可至。向来看待险要地势，越过险阻事在人谋。

北邙山①

死生本一条，谁为分旦暮。君看昏及晨，漠漠②但沉雾。
浮世只一梦，倚伏③何足数，侯王与蝼蚁，同归一坯土。
亭午④陟北邙，泥途屡窘步。登山不知山，帝乡在何所。
隐隐上清宫⑤，高处劳指顾。周公始宅中，孝文亦邑度。
佳气郁充闾，千载尚如故。平原莽无极，厥田⑥何膴膴⑦。
累累见高塚，巀嶭⑧秋草暮，石马卧空林，巍陵叹无主。
忆昔临高野，万方同葬处。森沉列杉桧，凛如风从虎。
至大唯无外⑨，异端复归附。死者得安窆⑩，生者如行旅。
萧然邙上望，率西至岐下⑪。是虉而是葇⑫，百废犹待举。
我来自函谷，瘠地多艰苦。思古发幽情，追今奋毛羽。
沾溉⑬好山河，引领滂沱雨。

日本高野山有万国公冢。

注释：

①北邙山：又名北芒、邙山、北山、平逢山、太平山、郏山。北邙山海拔300米左右，东西横旦数百里，位于河南省洛阳市北，黄河南岸，是秦岭山脉的余脉，崤山支脉。山中有光武帝等汉、魏、晋、南北朝、五代帝王的帝陵，亦有吕不韦、杜甫、颜真卿等名人之墓。
②漠漠：指寂静无声；紧密分布或大面积分布；迷茫。语出《荀子·解蔽》："掩耳而听者，听漠漠而以为哅哅。"
③倚伏：语出《老子》"祸兮福之所倚，福兮祸之所伏"，意为祸与福互相依存，互相转化。
④亭午：正午。晋·孙绰《游天台山赋》："尔乃羲和亭午，游气高褰。"
⑤上清宫：道教名观，位于河南洛阳城北邙山翠云峰。
⑥厥田：田地。
⑦膴膴：《诗·大雅·緜》："周原膴膴，堇荼如饴。"毛传："膴膴，美也。"

⑧巑岏：耸立貌。南朝·梁·江淹《待罪江南思北归赋》："究烟霞之缭绕，具林石之巑岏。"
⑨"至大"句：大到极点，外无以加。战国·宋·庄周《庄子·天下》："至大无外，谓之大一；至小无内，谓之小一。"
⑩安窆：安息。
⑪"率西"句：古公亶父，周的祖先。古有古公亶父"因戎狄逼迁于岐下"的故事。
⑫"是蘱"句：蘱，茂也；蓑，用土培苗根。灌溉农作物使其茂盛。
⑬沾溉：沾濡浇灌，比喻恩典、德泽。

浅解：

饶公登北邙山，感慨人生如梦，发出岁月易逝之叹；先人开拓疆域，行走歧路之难。人们所做的一切都如此的渺小，但其做出的努力却不可磨灭。人类的历史也就是在有限的生命中创造无限的美好中慢慢堆积起来，这才是生命应尽的责任。

简译：生与死本为同一事，谁能为分白天黑夜。君看黄昏直到清晨，沉沉雾霭寂静无声。浮华人世如同做梦，旦夕祸福何足细数，无论帝王蝼蚁之辈，最终都化为一抔土。正午时分登临北邙，泥泞山路举足难迈。不登山不知山之高，帝王故乡在哪里呢。隐藏山林的上清宫，高处劳烦指出其处。周公始建洛邑于此，孝文亦葬北邙长陵。佳气浓郁充斥宫间，一千多年依旧如故。平原辽阔而无边际，耕作田地多么美丽。硕果累累堆积成塚，暮色之下秋草繁茂，石马卧于空林之中，巍巍陵冢感叹无主。回忆当初登临高野，万国公家同葬一处。森沉遍布云杉桧树，威风凛凛如同老虎。大到极点外无以加，异端因之前来归附。死者得以在此安息，生者继续羁旅而行。满目萧然邙山上望，率领部族来到西岐。辛苦耕作使其繁茂，搁置之事等着兴办。我来自函谷关内，贫瘠之地多么艰苦。回忆古事阐发幽情，借古追今振奋人心。沾濡浇灌美好山河，引领滂沱知时之雨。

衡岳　用退之谒衡山庙韵

丹灵四顾廓然公①，敢谓须弥在掌中。
下视紫盖②如培塿③，天柱石廪④丧其雄。
潮阳太守尝到此，绝顶未登胜难穷。
精诚能扫三峰雾，炎方颒洞⑤想高风。
黄帝盐传⑥古乐曲，霓裳仿佛神相通。
落日亭皋⑦遥望极，清词野鹤唳清空。
厚坤⑧万古称赤帝⑨，简书分明陈祝融⑩。
马祖庵前哀磨镜⑪，邺疾祠畔思巍宫。
一从霜雪交摧折，山花尚放浅深红。
于今祠宇空无有，升阶何以明至衷。
灵期⑫曩记人莫识，成行松柏徒鞠躬。
庙貌⑬诚可比嵩岱⑭，岳渎⑮佳气古今同。
我行万里斯仰止，欲觅怀让与韩终。
俯临突兀峰千百，征车⑯立可收奇功。
来时冥冥恙昼晦⑰，归去云雨兼瞳胧。
神仙邈矣不可接，何必苦索东海东。

河图：衡山君神姓丹名灵峙。《初学记载》有徐灵期《南岳记》。
姜夔尝于祝融峰得霓裳古谱。
望山简楚帛书俱见祝融名号。

注释：

①廓然公：程颐《河南程氏粹言》卷二《心性篇》："君子之学，莫若廓然而大公，物来而顺应。"有两层意思：第一，首先是忘我，将个人的私欲抛开，物我两忘，以天地万物为一体；第二，事物本来的道理，即天理，按照天理行事。人做到第一层意思，可以叫作廓然半公；以一颗廓然半公的

心去做每一件事，就是格物；今日格一物、明日格一物，终有豁然贯通，体贴出"天理"的一刻，那时就是廓然大公。

②紫盖：紫色车盖。帝王仪仗之一，借指帝王车驾。

③培塿：本作"部娄"，小土丘。《左传·襄公二十四年》："部娄无松柏。"

④石廪：山峰名，衡山五峰之一，因形似仓廪而得名。语出唐·韩愈《谒衡岳庙遂宿岳寺题门楼》诗："紫盖连延接天柱，石廪腾掷堆祝融。"

⑤颎洞：绵延，弥漫。汉·贾谊《旱云赋》："运清浊之颎洞兮，正重沓而并起。"

⑥盐传：黄帝战炎帝、擒蚩尤等活动的传说和遗迹，正是氏族时代东方部落争夺池盐的真实写照。

⑦亭皋：水边的平地。《汉书·司马相如传上》："亭皋千里，靡不被筑。"

⑧厚坤：指大地。

⑨赤帝：即炎帝。

⑩祝融：古代传说中的火神。

⑪马祖句：嫫母磨镜之典。嫫母，黄帝妃。相传，人类使用第一面镜子就是嫫母发明制作。

⑫灵期：死期。《逸周书·度邑》："惟二神授朕灵期，予未致未休。"

⑬庙貌：《诗·周颂·清庙序》："清庙，祀文王也。"郑玄笺："庙之言貌也，死者精神不可得而见，但以生时之居，立宫室象貌为之耳。"因称庙宇及神像为庙貌。

⑭嵩岱：嵩山、泰山。

⑮岳渎：五岳和四渎的并称。五岳（中国五大名山，即东岳泰山，西岳华山，南岳衡山，北岳恒山，中岳嵩山）；四渎（古代对中国长江、黄河、淮河、济水的合称）。

⑯征车：远行人乘的车。唐·韩愈《送侯参谋赴河中幕》诗："别袖拂洛水，征车转崤陵。"

⑰昼晦：白日光线昏暗。《楚辞·九歌·山鬼》："杳冥冥兮羌昼晦，东风飘兮神灵雨。"

浅解：

饶公登临衡山，在感慨衡山奇峻之势的同时，阐述衡山的神仙传说以及姜夔在祝融峰上觅得霓裳古谱的历史故事，进而表达了生死有命、人事更替之感，结尾之处"神仙邈矣不可接，何必苦索东海东"体现了饶公主张一切顺应自然的人生观点。

  简译：衡山四面环视廓然大公，敢说须弥就在自己掌中。下视紫色车盖如小土丘，天柱石廪丧失雄伟之姿。潮阳太守曾经登高到此，绝顶未曾登上胜境难观。精诚所至能扫三峰雾气，炎热之地期盼强劲之风。黄帝争池盐传古乐曲风，霓裳古谱仿佛与神相通。日落水边平底遥望极远，姜夔清词野鹤唳嘹清空。大地自古而来称为炎帝，简书书写分明陈上祝融。马祖庵前感叹磨镜之苦，邺疾祠畔追忆巍巍宫廷。任凭霜雪摧折自己枝干，山花尚且绽放浅深红韵。如今祠堂庙宇空空无有，攀登阶梯何以诉说衷情。生死有命人们无法预料，成行松柏亦徒然而鞠躬。庙貌可与嵩山泰山相比，五岳四渎佳气古今相同。我行万里向往此处高山，想要觅得情怀共随韩愈。俯临这兀的千百山峰，远行而至立即收到奇功。来时冥冥担忧白日昏暗，归去云雨霏霏眼睛蒙眬。神仙如此邈远不可靠近，何必苦苦求索东海之东。

登祝融峰①绝顶

岭似儿孙相率从,凭高喜见九州同②。
陇岷嵩岱都行遍,更上朱陵③第一峰。

盛弘之《荆州记》云:"衡山朱陵之灵台。"

注释:

①祝融峰:位于湖南省衡阳市北部的南岳区,海拔1300.2米,是南岳衡山七十二峰的最高峰和主峰。"祝融万丈拔地起,欲见不见轻烟里","祝融峰之高"被誉为"南岳四绝"之首。
②喜见九州同:宋·陆游《示儿》:"死去元知万事空,但悲不见九州同。"此处反前人之意而用之,颇有告慰先贤之意。
③朱陵:道家所称三十六洞天中有朱陵洞天,在衡山,故依《荆州记》,以朱陵代指衡山。

浅解:

饶公行遍嵩山泰山,如今又登上衡山最高峰祝融峰,从祝融峰上看山峰延绵好比儿孙绕膝,喜见九州统一之盛世,畅怀之情溢于言表。

简译:山峰绵连似儿孙相率从,登高喜而见到九州统一。陇岷嵩山泰山都已行遍,更上衡山朱陵第一山峰。

云冈绝句

大代①兴亡与佛随,檐牙②交错究瑰奇,
弥天造像穷工巧,想见刘腾炙手③时。

注释:

①大代:即北魏。拓跋珪起初自称代王,建立代国,后改国号为"魏",史称北魏。
②檐牙:檐际翘出如牙的部分。唐·杜牧《阿房宫赋》:"廊腰缦回,檐牙高啄。"
③刘腾炙手:刘腾,字青龙,北魏宦官,出身贫民家庭,祖籍平原城(今属山东),后迁道南兖州谯郡(今安徽亳州)。幼时曾因犯法遭受宫刑,遂入宫当了太监,渐渐地,升为小黄门、中黄门。宫中发生了一则丑闻,使刘腾得到了迅速升迁的机会。刘腾因为有功于太后,升为崇训太仆,家衔侍中,封爵长乐县开国公。不多久,他得了一场大病。太后以为他将不久于人世,就赏他卫将军,仪同三司的官位。可是后来刘腾的病居然好了,他走马上任,成为一人之下、万人之上的权臣。从此,权倾朝野,炙手可热。刘腾曾奏为北魏世宗宣武帝造功德石窟。

浅解:

饶公于云冈,在感叹云冈石窟之造像巧夺天工的同时,感慨朝代兴亡、人世更变无法预料,宛如刘腾升迁之事。

简译:北魏兴亡如佛缘起缘灭,檐际交错翘出如此瑰奇。弥天造像极尽巧夺天工,让人想到刘腾炙手之时。

卅六藩篱靡一存,由来护法①见艰屯②。
何年凿窟茹茹主,残字剩镌吐谷浑③。

注释：

①护法：护法又称护法神，是佛教的护法者，拥护佛陀的正法。
②艰屯：艰难。《周易·屯卦》象传："屯，刚柔始交而难生。"
③吐谷浑：中国西北古代民族名。

浅解：

  云冈石窟一直维持原貌，源于护法的悉心照料，石窟镌刻栩栩如生，也记录了当年吐谷浑民族的历史。

简译：三十年间藩篱靡散存一，向来护法皆是艰难守护。茹茹首领何年凿此石窟，吐谷浑族在残字剩镌中。

涉水清流啮马蹄，山阿塔影与天齐。
陵夷①象教②供凭吊，赢得衰杨拂井泥。

注释：

①陵夷：衰败，走下坡路。晋·袁宏《后汉纪·安帝纪》："今之三公，有古之名而无其实。选举诛赏，一由尚书，尚书之任重于三公。凌夷已来，其渐久矣。"
②象教：释迦牟尼离世，诸大弟子想慕不已，刻木为佛，以形象教人，故称佛教为象教。

浅解：

  饶公乘坐马车奔赴云冈石窟，领略佛教衰落之遗址，体会"衰杨拂井泥"的自然之意。

简译：骑马涉水清流没入马蹄，远近山峰塔影与天齐平。颓落象教遗址供人凭吊，赢得衰弱杨树轻拂井泥。

汾阴道中

陇上①青青大麦肥,丁村古道已斜晖。
我来方值秋风起,不见汾河北雁飞。

注释:

①陇上:泛指今陕北、甘肃及其以西一带地方。晋·傅玄《惟庸蜀》诗:"姜维屡寇边,陇上为荒芜。"

浅解:

饶公经临陇上汾河,领略当地碧绿成荫大麦肥沃的乡土之息,秋风兴起,大雁已飞,别有一番滋味。

简译:陇上一带清新大麦饱满,丁村古道之旁日光已斜。我到此地正值秋风兴起,看不到汾河上北雁南飞。

夔门登舟拔蒙密①，观大宋中兴颂摩崖，次简斋②游浯溪韵

字大如斗杂薛碧，舍舟入岬扪赤壁。
中兴辞句何庄严，长江至此有正色③。
滟滪堆④已上下通，方舟无复愁人力。
即今化险以为夷，万古路难缘此石。
渔者休歌巫峡长，玄猿罢哭千山侧。
盘涡⑤犹有白鹭眠，独树依然怀忧恻。

老杜句云："独树花发自分明。"

注释：

①蒙密：茂密；茂密的草木。南朝·宋·范晔《乐游应诏诗》："遵渚攀蒙密，随山上岖崟。"
②简斋：陈与义（1090—1138），字去非，号简斋，洛阳人，是自北宋苏黄等大家卒后，一直到"南宋四大家"崛起前近半世纪的南北宋诗坛最杰出的诗人。
③正色：美色。《庄子·齐物论》："毛嫱、丽姬，人之所美也；鱼见之深入，鸟见之高飞，麋鹿见之决骤，四者孰知天下之正色哉！"
④滟滪堆：指瞿塘峡夔门前中的一座巨大礁石。唐·李白《长干行》诗："十六君远行，瞿塘滟滪堆。"
⑤盘涡：水旋流形成的深涡。《文选·郭璞〈江赋〉》："盘涡谷转，凌涛山颓。"

浅解：

饶公三峡登临摩崖石刻，领略石刻庄严的同时，联想到历史长河之中巫峡水流的艰险湍急，如今由于人力改造而化险为夷，在心中略感安慰之时，亦对古之牺牲者与开拓者表达了崇敬和感伤之情。

简译：字大如斗夹杂碧绿苔藓，下船进入峡谷登临赤壁。大宋中兴辞句

何足庄严，长江流域到此方显美色。滟滪堆礁石处上下相通，方舟不再忧愁没有人力。如今此处已经化险为夷，自古以来路难缘于此石。渔者歌休只因巫峡太长，玄猿千山之侧停止哭鸣。漩涡之旁犹有白鹭栖息，独立之树依然忧心恻伤。

白　帝　城①

黄昏莫辨瀼②东西，赤甲白盐③天更低。
重讽苍藤古木句④，惜无两岸夜猿啼⑤。

注释：

①白帝城：白帝城位于重庆奉节县瞿塘峡口的长江北岸，奉节东白帝山上，是三峡的著名游览胜地。原名子阳城，为西汉末年割据蜀地的公孙述所建，公孙述自号白帝，故名城为"白帝城"。
②瀼：露水很多的样子。
③赤甲白盐：赤甲，即赤甲山，位置在瞿塘峡西口的北岸，南基连白帝山，土石皆赤。宋人称西山、西郊和卧龙山，今人称鸡公山。白盐，即白盐山，位置在瞿塘峡中段的北岸，今称桃子山。因页岩遍布，色如白盐故名。
④古木：唐·高适《送李少府贬峡中王少府贬长沙》："青枫江上秋帆远，白帝城边古木疏。"
⑤两岸夜猿啼：唐·李白《早发白帝城》："两岸猿声啼不住，轻舟已过万重山。"

浅解：

　　饶公黄昏时分登临白帝城，一边游赏，一边缅怀先代诗人，隔着时空古今唱和，共诉愁情。

　　简译：露水遮蔽黄昏难辨东西，赤甲白盐高耸天空更低。重新诵讽苍藤古木之句，可惜两岸没有夜猿啼叫。

承德避暑山庄远眺围墙

车书混一①信无俦,来往燕云十六州②。
想见木兰秋狝③罢,武功文治已全收。

"木兰"为满语弋猎,以习射八旗传统。入关后尚然,文治武功并重,至乾隆行之,不坠祖训。余在山庄,借《热河志》一检,知嘉庆而后,其事遂废,习于汉化,而清廷亦不振矣。

注释:

① 车书混一:唐·杜牧《江南怀古》:"车书混一业无穷,井邑山川今古同。"诗人感叹乾隆像秦始皇那样,成功统治了一个幅员辽阔的统一多民族国家。并认为,在治理多民族国家方面,历代君王确实无人能比得上乾隆。
② 燕云十六州:又称"幽云十六州""幽蓟十六州",即今北京、天津全境,以及山西、河北北部地区。
③ 木兰秋狝:所谓"木兰",本系满语,汉语之意为"哨鹿",亦即捕鹿。由于一般情况下是在每年的七八月间进行,故又称"秋狝"(古代指秋天打猎为狝,如秋狝。称春天打猎为搜,夏天打猎为苗,冬天打猎为狩)。清代皇帝每年秋天到木兰围场巡视习武,行围狩猎。这是清代帝王演练骑射的一种方式。

浅解:

1980年秋,饶公应文物出版社王仿子社长之邀,参加成都第三届古文字学术年会后,用三个月时间到全国各地访古,行程达数万里。其间曾到承德,此诗写游避暑山庄远眺围墙的情景。

承德避暑山庄是中国古代帝王宫苑,清代皇帝避暑和处理政务的场所。它的围墙是仿万里长城式样的虎皮墙,有供军队行走的上下马道。山庄的围墙高3米,宽约2米,长达10公里。墙上筑有垛口,可供巡逻和作战,当地人叫它"小长城"。饶公于此远眺,缅怀当年于此狩猎的帝皇,感叹朝代更替,旧时显赫之势如今已荡然无存,留给后人的只有闲暇游赏时的感叹罢了。

简译：各族一统之功无人能及，来往于燕云十六州之地。想见木兰围场秋狝之后，文治武功借以获得丰收。

题烟雨楼^①六言

杨柳沿堤绿绕，夕阳山背红酣。
莫问前朝烟水，断肠塞北江南^②。

注释：

①烟雨楼：承德避暑山庄烟雨楼与浙江嘉兴烟雨楼同名，是仿造建筑。烟雨楼是嘉兴南湖湖心岛上的主要建筑，现已成为岛上整个园林的泛称。因唐朝诗人杜牧"南朝四百八十寺，多少楼台烟雨中"的诗意而得楼名。

②塞北江南：宋·辛弃疾《清平乐·独宿博山王氏庵》："平生塞北江南，归来华发苍颜。"历史上此类诗句中，"塞北"往往为失地，"江南"往往是赖以偏安的残山剩水，故其句大抵是居南而伤北。烟雨楼在南，故此种"前朝"的"断肠"之哀亦在于北方。

浅解：

    1980年11月4日上午饶公到山庄殿区参观，看到杨树、柳树环绕着堤坝，黄昏山景透着红酣。饶公不想为前朝诗人断肠之事所牵绊，只想静静地领略此等美景。

简译：杨柳沿着堤坝翠绿环绕，夕阳西下山坡透着红酣。不要过问前朝烟水何许，断肠之情在于塞北江南。

访侯马盟书①出土遗址

且看带砺②好山河，玉策盟书久不磨。
灵秀③所钟神物出，古芬畴及此邦多。

注释：

①侯马盟书：1956年山西侯马晋国遗址出土了大量盟誓辞文玉石片，称为"侯马盟书"，又称"载书"，盟书笔锋清丽，为毛笔所写，多为朱书，少为墨书。它的发现是1949年以来中国考古发现的十大成果之一，也是山西博物院馆藏的十大国宝之一。
②带砺：衣带和磨刀石，比喻壮美的河山。《史记·高祖功臣侯者年表》："封爵之誓曰：'使河如带，泰山若砺。国以永宁，爰及苗裔。'"
③灵秀："钟灵毓秀"，指山川秀美，其间聚合天地灵气，孕育了众多优秀的人文之事。

浅解：

饶公观临侯马盟书出土遗址，对当地出土如此宝物尤为欢喜激动，对我国古代文物可以留存至今倍感欣慰。

简译：且看如带如砺美好山河，玉册盟书历经久远不损。钟灵秀美自有宝物出现，古代流芳于世此地最多。

永 乐 宫①

咸阳尝见重阳碑②,风雨中条③谒古祠。
阊阖④广开无极殿,诸天仙仗朝元⑤时。

注释:

①永乐宫:因故址在永乐镇而命名,又名大纯阳万寿宫。永乐宫属全国重点文物保护单位,原址位于山西省芮城县永乐镇招贤村,现址位于芮城县城北3公里的龙泉村东侧。永乐宫始建于元代,宫殿内部的墙壁上布满永乐宫壁画。
②重阳碑:咸阳文物有元朝王重阳仙迹记碑,碑青石质,现藏于咸阳博物馆碑廊。到永乐宫参观令饶公联想到昔日所睹的重阳碑。
③中条:中条山,位于中国山西省西南部,黄河、涑水河之间。
④阊阖:典故名,典出《楚辞·离骚》。原指传说中的天门,后义项颇多,泛指宫门或京都城门,借指京城、宫殿、朝廷等,亦指西风。
⑤"诸天"句:诸神朝拜道教始祖元始天尊。

浅解:

　　饶公在风雨之中朝拜永乐宫,在冷清的殿门口,体会到了天神朝拜天尊的庄重之感。
　　简译:在咸阳曾经见到重阳碑,风雨中条山中谒见古祠。无极殿的大门长年敞开,诸神朝拜元始天尊之时。

中条山二首

何处潺潺见玉溪①，春归可复有莺啼。
荒原踟蹰无人径，宿雨②缠绵覆井泥③。

李义山故居在芮城附近。

注释：

① 玉溪：李商隐（约812或813—约858），字义山，号玉溪生、樊南生，怀州河内（今河南沁阳）人。此为双关，既指李商隐，又指山中泉流。李商隐有名句曰："莺啼如有泪，为湿最高花。"
② 宿雨：经夜的雨水。隋·江总《诒孔中丞奂》诗："初晴原野开，宿雨润条枚。"
③ 井泥：《易·井卦》："井泥不食。"汲水之井，为泥淤塞，污浊不能食，渐废弃为旧井。

浅解：

李商隐曾居住于中条山芮城，饶公经过此处联想到他。只是荒野中无人，又有夜雨相伴，心情复杂难陈，只能赋诗寄托饶公对李商隐的凭吊之情。

简译：何处水声潺潺可见玉溪，春归能否听到昔日莺啼。荒原之中徘徊于无人径，宿雨如此缠绵覆盖井泥。

西岳庙①前睇古松，芮城谁与觅前踪。
日斜聊发逍遥咏，误是寒山半夜钟②。

《宋史·儒林传》：邵伯温监西岳庙，徙芮城县。潘阆遁入中条山，题诗钟楼。

注释：

①西岳庙：西岳庙位于陕西省华阴市区岳镇东端，西岳华山因闻名天下游人如织，是道教主流全真派圣地。

②寒山半夜钟：唐·张继《枫桥夜泊》："姑苏城外寒山寺，夜半钟声到客船。"

浅解：

中条山中有西岳庙，潘阆亦曾题诗钟楼，饶公入中条山，竟戏称误听为寒山寺夜半钟声。实则是将中条山的历史故事融入到诗意之中，戏作之中体现了饶公的诗歌功底。

简译：西岳庙前睇望苍翠古松，芮城县中谁能寻觅前踪。夕阳西下闲发逍遥之咏，误作寒山寺内夜半钟声。

运城①题壁

寒城②来往想颠軨③，绾毂④关河此建瓴⑤。
相去盐池⑥才咫尺，蚩尤⑦无复再扬灵。

旧传关羽大战蚩尤于此，见元杂剧。

注释：

① 运城：运城古称河东，三国蜀汉名将关羽的故乡，位于晋、陕、豫三省交界处的黄河金三角中心地带，属于晋南地区。
② 寒城：寒天的城池。《文选·谢朓〈宣城郡内登望〉诗》："寒城一以眺，平楚正苍然。"
③ 颠軨：古阪名。一作颠陵阪，又称虞阪。在今山西平陆北。《左传·僖公二年》："冀为不道，入自颠軨，伐鄍三门。"
④ 绾毂：控扼，扼制。《史记·货殖列传》："然四塞，栈道千里，无所不通，唯褒斜绾毂其口，以所多易所鲜。"
⑤ 建瓴：典故名，典出《史记·高祖本纪》。指"建瓴水"，谓倾倒瓶中之水，形容居高临下、难以阻挡的形势。
⑥ 盐池：运城盐池，亦称盐湖、银湖。位于运城市南，中条山下，浇水河畔。总面积为130平方公里，是由鸭子池、盐池、硝池等几个部分组成。
⑦ 蚩尤：是上古时代九黎族部落首长，中国神话中的武战神。元杂剧有《关云长大破蚩尤》。

浅解：

　　运城之地为历史重要关口，亦为关羽故乡，此处地理位置重要，易守难攻。相传北宋年间，因运城盐池不出盐，大家认为是蚩尤在作怪，天师道掌门张天师请关羽下凡大战蚩尤，令蚩尤不敢在此耀武扬威，盐池又恢复出盐。饶公借历史典故来体现当地的历史地理的重要。

　　简译：来往寒天城池想到颠軨，控扼关河居高险要之地。相去盐池仅仅咫尺之距，蚩尤无法再次跋扈显灵。

孟源候车

雨意客心两郁陶①,列车当道敢辞劳②。
侧身匍匐轮蹄过,恐是平生第一遭。

众客皆受车下之辱,殊觉可哂,因记。

注释:

①郁陶:忧思积聚貌。《尚书·五子之歌》:"郁陶乎予心,颜厚有忸怩。"
②辞劳:因怕辛劳而推却。晋·葛洪《抱朴子·臣节》:"出不辞劳,入不数功。"

浅解:

  饶公于陕西孟源候车,因列车挡道,不得不从车轮底下匍匐走过。受此车下之辱,让饶公心生烦意,赋诗遣怀。

  简译:下雨心绪繁杂忧思积聚,列车挡道辛劳难以排解。侧身匍匐从车轮下走过,恐怕是平生第一次经历。

郑 州 机 上

首阳①东去不回头,更渡风陵②作远游。
身寄飞鹏三万里,并州③行遍又中州④。

时旅行全晋共一阅月。同游者陈教授伟湛。

注释:

①首阳:甘肃省陇西县西部。
②渡风陵:风陵渡在山西省芮城县西南端。
③并州:山西太原的古称。
④中州:河南省的古称。

浅解:

饶公在古晋国之地旅行一个月,于郑州飞机上赋作此诗,将自己的一路行程用简单言语表达出来。

简译:一路东去首阳不再回头,又过风陵渡至远方游历。身处飞鹏三万里之高地,行遍山西又来到了河南。

荐　福　寺①

旧为义净译经处，小雁塔在焉。

唐都双塔著高标，相去慈恩一里遥。
膜拜遐方②还踵接③，象胥④译事已冰消。
空余行纪⑤传天竺，想见驮经⑥越灞桥⑦。
落日古槐人迹少，西风台殿叶萧萧。

注释：

①荐福寺：位于陕西西安市南门外友谊西路。始建于唐睿宗文明元年（684年），是高宗李治死后百日，皇室族戚为其献福而兴建的寺院，故最初取名"献福寺"。武则天天授元年（690年）改为"荐福寺"。是唐代翻译佛经的三大译场之一。高僧义净于武则天年间取经回到洛阳，于唐中宗复位后，在此地译经。
②遐方：遐方犹指远方，即遥远的地方。汉·扬雄《长杨赋》："是以遐方疏俗，殊邻绝党之域，自上仁所不化，茂德所不绥，莫不跂足抗首，请献厥珍。"
③踵接：意同"接踵"。后面的人的脚尖接着前面的人的脚跟，形容人多拥挤。《宋史·李显忠传》："中原归附者踵接。"
④象胥：周礼官名。古代接待四方使者的官员，亦用以指翻译人员。《周礼》谓秋官司寇所属有象胥。旧注谓"通夷狄之言曰象；胥，其才能者也。"
⑤行纪：当年的流传故事。相传汉明帝夜间梦见一个金人，顶上有白光，在殿延间飞行。第二天将此梦告诉朝臣，问他们是吉是凶。傅毅说，梦见的是佛。于是汉明帝派遣郎中蔡愔西往天竺，求取佛经。蔡后来和天竺高僧迦叶摩腾与竺法兰带着经书回到洛阳。中国有佛教和跪拜的仪规是从这时开始的。
⑥驮经：白马驮经。南北朝的《汉法本内传》与北魏·杨炫之《洛阳伽蓝记》卷四："白马寺，汉明帝所立也，佛入中国之始。寺在西阳门外三里御道南。帝梦金神，长丈六，项背日月光明。金神号曰佛。遣使向西域求

之，乃得经像焉。时以白马负经而来，因以为名。"
⑦灞桥：灞桥位于西安市城东，是一座颇有影响的古桥。春秋时期，秦穆公称霸西戎，将滋水改为灞水并修桥，故称"灞桥"。

浅解：

饶公游历荐福寺，并借诗缅怀古寺，诗中借用白马驮经之典，讲述当年佛教传入中国的故事，加重了全诗的历史感和文化感。

简译：唐朝双塔为此地最高标，距离慈恩寺有一里之遥。边远之地膜拜依旧多人，象胥翻译之事早已冰消。只有故事游历传于天竺，想见白马驮经越过灞桥。黄昏落日古槐人迹稀少，台殿西风吹拂落叶萧萧。

大兴善寺①

隋阇罗笈多翻经地，次康南海题壁韵。

旧刹青松振坠风，笈多②而后更谁雄。
千年蝉唱③今犹昔，踯躅遗基慕不空④。

注释：

①大兴善寺：中国佛教密宗祖庭，位于陕西省西安市城南约2.5公里的小寨兴善寺西街。始建于晋，初称遵善寺。隋文帝开皇二年扩建，更名大兴善寺。印度僧人曾住寺内译经。唐玄宗开元年间，"开元三大士"善无畏、金刚智、不空到此寺传授密宗，成为当时长安翻译佛经的三大译场之一。
②笈多：笈多（梵语为 Gupta）帝国是印度人创建的一个大帝国，亦代指印度人在大兴善寺翻译佛经之事。
③蝉唱：蝉声。清·朱中楣《千秋岁·别横波龚年嫂南归》词："风移蝉唱杳，雨滴梧声碎；方信道，离怀未饮心先醉。"
④不空：即唐代玄宗、肃宗年间在大兴善寺传法译经的高僧不空。

浅解：

　　大兴善寺是古代印度僧人译经之地，饶公游历于此，感叹千年已过，人事已改，蝉声、古风依旧，不得不感慨文化的力量。

　　简译：古刹微风吹拂摇曳青松，笈多之后是谁更展雄姿。蝉声鸣啼千年今日如昔，徘徊旧时遗址思慕高僧。

渭 水①

长河曲折向东流,莽莽黄沙万里愁。
独上寒原②天尽处,群山如马竞低头。

注释:

①渭水:渭河古称渭水,是黄河的最大支流。
②寒原:指冬天的原野,冷落寂静的原野。《宋书·邓琬传》:"云罗四掩,霜锋交集,犹劲飙之拂细草,烈火之扫寒原,燋卷之形,昭然已著。"

浅解:

  渭水水势雄浑,卷起黄沙之气势,让绵延群山也相形见绌,也令人显得渺小而萌生愁绪。
  简译:漫漫长河曲折向东流逝,黄沙气吞万里使人忧愁。独上天之尽处冷僻寒原,群山如同奔马竞相低头。

炳 灵 寺[①]

乱峰如栉[②]水如油，截断黄河变浊流，
留得维摩[③]第一笔，前秦遗迹足千秋。

注释：

①炳灵寺：炳灵寺最早叫"唐述窟"，是羌语"鬼窟"之意，后历有龙兴寺、灵岩寺之称。明永乐年后，取藏语"十万佛"之译音，取"炳灵寺"或"冰灵寺"之名。
②如栉：像梳齿那样密集排列着。
③维摩：此语双关，既指佛教《维摩诘经》，亦指唐代诗人画家王维。

浅解：

炳灵寺山水萦绕，截断黄河，俨然一幅天然的山水画映入眼帘，足可千秋留名。

简译：乱峰如梳齿流水如浊油，截断黄河变成浑浊之流。留得维摩笔下创作山水，前秦遗迹足以千秋留名。

莫高窟题壁

辛酉九秋访古莫高赋此。记唐人咏诗有句云:"雪岭干青漠,云楼架碧空。重关千传日,旁出四天宫。"古迹灵奇,莫可殚究矣。

河湟①入梦若悬旌②,铁马坚冰纸上鸣。
石窟春风香柳绿,它生愿作写经生③。

注释:

①河湟:当指黄河上游、湟水流域、大通河流域,古称"三河间"。
②悬旌:挂在空中随风飘荡的旌旗。《战国策·楚策一》:"寡人卧不安席,食不甘味,心摇摇如悬旌,而无所终薄。"后以"悬旌"喻心神不宁静。
③写经生:唐朝时政府雇用负责书写佛经的人。

浅解:

饶教授在20世纪50年代写下《敦煌本老子想尔注校笺》,与敦煌结下不解之缘。1980年深秋,饶公到敦煌实地考察,敦煌每个洞窟、每卷画卷和经文都对他产生了巨大的吸引力,于是他萌发生愿在敦煌做一个抄写经书的人。这就有了诗末感叹"它生愿作写经生"句。此诗可与下一首诗对照作解释,山西大同华严寺住持名为"宗颐",让饶公更加感受到佛门与自己的缘分,愿作"写经生",是饶公对这种缘分的最贴切阐释。

简译:河湟入梦如同旌旗飘荡,铁马履坚冰雀跃纸上鸣。石窟春风拂绿柳而飘香,来生愿意在此做写经生。

大同华严寺展出秘笈，有雍正本《金光明经》，前为宋慈觉大师宗颐序文。记《宋史·艺文志》著录僧宗颐《劝孝文》，深喜名与之同，或有宿缘，因而赋此

同名失喜得名僧，代马①秋风事远征。
托钵②华严宝寺畔，何如安化③说无生④。

注释：

①代马：北方胡地之马。代，古代郡地，后泛指北方边塞地区。魏·曹植《朔风》："愿骋代马，倏忽北徂。"
②托钵：持钵游行街市，以化缘乞食。
③安化：安化佛，即阿尼陀佛。
④无生：《大般若经》卷四四九〈转不转品〉云（大正7·264b）："如是不退转菩萨摩诃萨，以自相空，观一切法，已入菩萨正性离生，乃至不见少法可得。不可得故，无所造作。无所造作故，毕竟不生。毕竟不生故，名无生法忍。由得如是无生法忍故，名不退转菩萨摩诃萨。"此谓菩萨观诸法空，入见道初地，始见一切法毕竟不生之理，名无生法忍。

浅解：

　　1981年饶教授在山西省大同华严寺看到雍正本《金光明经》，前面有宋代慈觉大师宗颐序文，僧人"宗颐"的法号正是饶教授用了60多年的名字（其年饶教授64岁）。因同名的因缘，饶教授赋诗以作纪念。

　　简译： 名僧与我同名让我窃喜，胡马秋风行此遥远征程。持钵修行华严宝寺之畔，何如安化佛意说无生忍。

悬空寺[1]即景

削壁居然大壑澨[2],人如飞鸟半悬空。
凌霄镌出悬空寺,尽在空濛一气中。

山背为水库。

注释:

①悬空寺:悬空寺位于山西省大同市浑源县恒山金龙峡西侧翠屏峰的峭壁间,素有"悬空寺,半天高,三根马尾空中吊"的俚语,以如临深渊的险峻而著称。建成于1400年前北魏后期,是中国仅存的佛、道、儒三教合一的独特寺庙。
②大壑澨:小水流入大水。南朝宋·鲍照《日落望江赠荀丞》诗:"乱流澨大壑。"

浅解:

悬空寺如其名,悬于半空,人在其中,宛如飞鸟,寺外流水汇集,山中雾气迷蒙,山景水色融于天际。

简译:泉水削壁而出流入大河,人如同飞鸟悬于半空中。凌驾空中镌出悬空寺庙,屹立空濛雾气之中。

翠 屏 山①

悬渡从知理不诬②,玲珑杰观出虚无③。
却于冥漠④高寒处,悟到阴晴众壑殊⑤。

注释:

① 翠屏山:北岳恒山的主峰分东、西两峰,东为天峰岭,西为翠屏山,在今山西省浑源县境内。悬空寺即坐落于山西大同的翠屏山中。
② 不诬:不妄,不假。汉·戴圣编纂《礼记·表记》:"是故君有责于其臣,臣有死于其言。故其受禄不诬"。
③ 虚无:道家用以指"道"的本体。谓道体虚无,故能包容万物;性合于道,故有而若无,实而若虚。《庄子·刻意》:"夫恬淡寂漠,虚无无为,此天地之平,而道德之质也。"
④ 冥漠:玄妙莫测。南朝·宋·朱昭之《难顾道士夷夏论》:"夫鬼神之理,冥漠难明。"
⑤ 阴晴众壑殊:山高而广,以至于各山谷内阴晴不同。唐·王维《终南山》:"分野中峰变,阴晴众壑殊。"

浅解:

悬空寺庙立于翠屏山中,更让山中平添虚无玄妙之境,让饶公有所感悟,他以哲人之眼观物,故没有把眼光停留在奇巧的建筑物表象之上,而是将诗意直接升华到"阴晴众壑殊"的诗理上。

简译:从来就知悬空道理不假,玲珑杰出景观虚无中出。在这玄妙莫测高寒之处,悟出了阴晴群山的悬殊。

微径通幽级百层,不空灵处见空灵。
野云来去都无迹,萧寺①万山一病僧②。

注释：

①萧寺：唐·李肇《唐国史补》卷中："梁武帝造寺，令萧子云飞白大书'萧'字，至今一'萧'字存焉。"后因称佛寺为萧寺。
②病僧：形容同病相怜，互相慰藉。元·无名氏《燕青捕鱼》第三折："也不是我病僧劝患僧，有一日押向云阳市上行，只等的叫开刀和那声。"

浅解：

山中通往寺庙的台阶逾百级，平凡之处尽显空灵，让饶公心里有一丝慰藉。

简译：小径联通幽静台阶百级，不是空灵之处却见空灵。旷野之云来去没有踪迹，群山之中佛寺有一病僧。

恒　　岳①

双脚犹堪蹋九州，桑干②河上送中秋。
凿空寺古谁镌壁，急雨风来忽满楼③。
老去宁无济胜具④，收身⑤竟作入山谋。
如今五岳都行遍，自笑南归尚黑头。

注释：

①恒岳：即恒山。
②桑干：河名，今永定河之上游。相传每年桑葚成熟时河水干涸，故名。唐·李白《战城南》诗："去年战，桑干源，今年战，葱河道。"
③"急雨风"句：雨猛地降下，风忽地吹彻楼中。唐·许浑《咸阳城东楼》："溪云初起日沉阁，山雨欲来风满楼。"
④济胜具：指能攀越胜境，登山临水的好身体。语出南朝宋·刘义庆《世说新语·栖逸》："许掾好游山水，而体便登陟，时人云，许非徒有胜情，实有济胜之具。"
⑤收身：指隐退。唐·韩愈《和仆射相公朝回见寄》："放意机衡外，收身矢石间。"

浅解：

饶公中秋登恒山，面对好山好景，萌生老来隐居于此的想法，并且对自己人未老而五岳已经行遍倍感骄傲。

简译：双脚犹如蹋于九州之上，桑干河上迎来中秋之夜。凿空镌刻寺壁古时是谁，雨忽然到来风吹彻楼中。老了宁可没有好的身体，直接退隐来到此山谋生。如今五岳皆已经走遍了，自笑回到南方发黑依旧。

合肥即事二首

教弩①听松俱怆神②,浪游③忽到逍遥津④。
沆瀣⑤寒薄秋将半,圆月含辉正伫人。

注释:

①教弩:教弩台,亦名点将台,位于安徽省合肥市淮河路东段北侧。史载,三国鼎立时期,魏主曹操四次到达合肥,临阵指挥,筑此高台教练强弩兵将,以御东吴水军,迄今为止已有1700多年历史。
②怆神:伤心。宋·陆游《夜登千峰榭》诗:"危楼插斗山衔月,徙倚长歌一怆神。"
③浪游:漫游,无目的地四方游荡。唐·杜牧《见穆三十宅中庭海榴花谢》诗:"堪恨王孙浪游去,落英狼藉始归来。"
④逍遥津:逍遥津,又名"窦家池"、"斗鸭池",古为淝水上的津渡,位于安徽省合肥市旧城东北角,与教弩台相邻。
⑤沆瀣:清朗空旷貌。《楚辞·九辩》:"沆瀣兮天高而气清。"

浅解:

饶公漫游到教弩台、逍遥津之地,感受风吹松树之声,领略中秋之夜的合肥景色,中秋月圆自古是家人团聚之时,而此刻他却在异地他乡,故暗生伤感。

简译:教弩台上听松让人伤心,漫游忽然达到逍遥津处。天朗寒意薄薄秋已过半,圆月泛光人伫立其下方。

路贯庐江①叶坠波,草衰人远淡烟萝②。
满街微滴梧桐雨,还比黄山雾更多。

注释:

①庐江:庐江县是安徽省合肥市下辖县,是周瑜故里,温泉之乡,矿业

大县。

②烟萝：草树茂密，烟聚萝缠，谓之"烟萝"。南唐·李煜《破阵子》词："凤阁龙楼连霄汉，玉树琼枝作烟萝，几曾识干戈！"

浅解：

庐江人迹罕至，远离尘嚣，梧桐更兼细雨，迷迷蒙蒙好比黄山山雾，且过犹不及。

简译：大路联通庐江落叶泛波，草枯萎人迹稀烟聚萝缠。大街之上梧桐交杂细雨，还比黄山上的雾气更多。

始 信 峰①

鸟窠②一乘渺遗踪,补隙扶疏③三两松。
谁劈中天擎片石,攀梯始信是危峰。

注释:

①始信峰:黄山风景区北海以东1公里处,海拔1668米。
②鸟窠:黄山有方士,名叫"鸟窠",系江苏淮安人。有一年,为了采药,他来到黄山,因为留恋黄山始信峰景色奇丽,在始信峰独居三年,拒绝见外人,自题其室额为"活死人墓"。其愿自己化身为一只鸟,自由翱翔黄山之中。
③扶疏:枝叶繁茂分披貌。《吕氏春秋·任地》:"树肥无使扶疏,树硗不欲专生而族居。肥而扶疏则多秕,硗而专居则多死。"

浅解:

饶公借用黄山鸟窠之典,表达自己游览始信峰有遨游天际的感触,并巧用始信峰的名头化入诗作,"始信是危峰",巧妙地将山峰的奇峻艰险一展无遗。

简译:化身飞鸟俯视飘缈遗迹,填补空隙有繁茂的松树。谁劈天际放此擎天石峰,攀登方信此是危险山峰。

题画　　次倪鸿宝①韵

无端误上米家船②，铁砚磨穿③不羡仙。
顽石看人空说法④，山公未悔作张颠⑤。

倪元璐原作云："一路秋光照画屏，吾家小阮定神仙，爱君为写韩陵石，今日倪迂即米颠。"

注释：

① 倪鸿宝：倪元璐（1593—1644），明末官员，书法家，字汝玉，一作玉汝，号鸿宝，浙江上虞人。
② 米家船：北宋书画家米芾，常乘舟载书画游览江湖，后常以"米家船"借指米芾的书画。
③ 铁砚磨穿：典出《新五代史》卷二十九《晋臣传·桑维翰》，把铁铸的砚台都磨穿了，形容立志不移，持久不懈。
④ "顽石"句："生公说法，顽石点头"。传说晋朝和尚道生法师对着石头讲经，石头都点头了。比喻精通者亲自来讲解，必能透彻说理而使人感化。
⑤ 张颠：指唐代书法家张旭。相传唐著名草书家张旭醉后往往有颠狂之态，故人称张颠。唐·李白《草书歌行》："张颠老死不足数，我师此义不师古。"

浅解：

饶公题画，将画作中的米家山水画风形象地展现在诗中，对画者那种坚持不懈、持之以恒的创作态度表示欣赏，顽石看人、山公未悔，将画中景物拟人化，意在体现出画作的灵气。

简译：无端误闯米家山水画境，铁铸砚台磨穿不羡神仙。顽石领会僧人讲述佛法，山公未后悔作张旭之辈。

西湖　叠坡老昊字韵①

连日阴霾，湖山可望不可见。今晨忽开朗，历历如绘，诗以赞之。

湖山为我供诗稿，淡抹浓妆堪颠倒。
湖云来去久朦胧，坐对真同被花恼②。
四时烟雨各异态，一日可爱在清早，
南屏钟声不可闻，断桥残雪春更好。
我来恰值梅雨初，落花尽被春风扫。
今晨真睹西子姿，无怪坡公思终老。
丈夫从来有远志，能与相依惟小草。
湖中无复懵懂山③，惜取当前此晴昊④

山谷句：小草有远志，相依托平生。

注释：

①"叠坡"句：步宋·苏轼的《和秦太虚梅花》诗之韵。
②"坐对"句：化用自宋·黄庭坚《王充道送水仙花五十枝欣然会心为之作咏》："坐对真成被花恼，出门一笑大江横。"苏轼原诗此句为"为爱君诗被花恼"。
③懵懂山：米芾以墨点代替线条的创作方法，被称为"善作无根树，能描懵懂山"。
④晴昊：晴空。唐·杜甫《苏端、薛复筵简薛华醉歌》："安得健步移远梅，乱插繁花向晴昊。"

浅解：

湖山为天然寻诗之宝地，湖云朦胧，花儿扰人，清晨钟声若隐若现，梅雨季节的西湖尽展美丽姿色，难怪当年苏东坡也想在此终老，有志之士皆喜欢佳人芳草，虽然此时没有懵懂山境，然晴空万里亦足以让人珍惜。

简译：湖山为我提供诗句，淡抹浓妆颠倒无辨。湖云来去朦朦胧胧，坐对真会被花惹恼。四季烟雨形态各异，一日可爱在于清早，南屏钟声无法辨听，断桥残雪春天更好。我来恰值梅雨之季，落花尽被春风扫去。今晨亲睹西湖美姿，难怪东坡愿此终老。大丈夫从来有远志，能依赖的唯有小草。湖中没有懵懂山境，当前晴空让人珍惜。

登严濑钓台① 再用前韵②

两度富春搜画稿，痴翁③闻之当绝倒。
矶头④一顾大江横⑤，公竟渡河⑥公莫恼。
台高百丈曷垂缗⑦，无故收身何太早。
波光七里无片云，藐姑仙山难媲好。
自可窅然⑧丧天下，尧舜秕糠⑨等尘扫。
指点江山属斯人，登临我亦不服老。
几点微雨沾人衣，但觉劳生徒草草。
云雷何故作经纶⑩，绿章⑪还待问苍昊⑫。

注释：

①严濑钓台：严子陵钓台，位于浙江省桐庐县城南15公里的富春山麓，是富春江主要风景点。
②再用前韵：即再用《西湖叠坡老昊字韵》所用的苏轼《和秦太虚梅花》韵。
③痴翁：黄公望（1269—1354），中国元代画家、书法家，"元四家"之一。全真派道士。本姓陆（有待考证），名坚，汉族，平江常熟人氏；后过继永嘉黄氏为义子，因改姓名，字子久，号一峰，后入全真教，又叫大痴道人等。
④矶头：保护河岸、堤防和滩地的靠岸较短建筑物，也叫鸡嘴坝、马头。
⑤一顾大江横：一眼看去，大江横绝。化用自宋·黄庭坚《王充道送水仙花五十枝欣然会心为之作咏》："坐对真诚被花恼，出门一笑大江横。"
⑥公竟渡河：终要执意渡河。汉·蔡邕《琴操》："《箜篌引》者……鼓箜篌而歌曰：'公无渡河，公竟渡河……'"
⑦垂缗：垂着绳子，即垂钓。
⑧窅然：精深貌，深远貌。《庄子·知北游》："夫道，窅然难言哉！将为汝言其崖略"。
⑨尧舜秕糠：尘垢秕糠，比喻琐碎而没有用的东西。出处《庄子·逍遥游》："是其尘垢秕糠，将犹陶铸尧舜者也。"

⑩ "云雷"句：《周易·大象传》曰："云雷，屯。君子以经纶。"意思是《屯卦》上为坎，坎是云，下为震，震是雷。即一阳陷于两阴之间，此为屯卦。象征着天地草创万物初始生命的艰难时刻。

⑪ 绿章：即青词。旧时道士祭天时所写的奏章表文，用朱笔写在青藤纸上，故名。

⑫ 苍昊：指苍天，天帝，古人想象中的万物主宰者。语出《梁书·武帝纪》："上达苍昊，下及川泉。"

浅解：

饶公赏略富春山麓严子陵钓台之景，认为此地能够使人暂时摆脱凡尘俗忧，还人一个清净的心境。亦使饶公感叹自己劳碌一生却草率而行，有些懊悔。究竟上天为何要人类万物如此艰难生长，他自己也无法明白，只能徒劳感伤。

简译：两度奔赴富春搜集画稿，太痴道人听到应该称绝。河岸马头回顾横流大江，竟要渡过河流莫要烦恼。台高百丈何不放绳垂钓，闲来无事起身有些过早。七里波光闪烁天空无云，藐姑仙山难以与之媲美。自然深远而能隔绝天下，扫尽尧舜秕糠无用之物。指点江山之事属于他辈，登临高台我亦从不服老。几点微微雨滴沾人衣衫，但觉劳碌一生如此草率。云雷何作经纶让生命艰难，还要等待绿章寻问苍天。

食东坡肉　三次前韵

茗搜文字肠枯槁①,一见肥甘甘拜倒。
海南所欠花猪肉,有诗可证公烦恼。
岂真见卵求时夜②,但觉思莼③计过早。
无端人瘦肉偏肥,玉环哪及张好好。
一啄已令口腹充,再吞难令兴不扫。
几辈屡冒先生名,曲米④摊香与娱老。
不见林婆⑤压酒⑥来,藕丝湔胃⑦殊草草。
且语西邻翟秀才⑧,题诗为公诉苍昊。

注释:

①枯槁:草木枯萎。《老子·七十六章》:"人之生也柔弱,其死也坚强。草木之生也柔脆,其死也枯槁。故坚强者死之徒,柔弱者生之徒。是以兵强则灭,木强则折。故强大处下,柔弱处上。"

②见卵求时夜:看到鸡蛋,就希求蛋化为鸡,而来司晨报晓;看到弹丸,就想得到鸟的炙肉。比喻言之过早。《庄子·齐物论》:"女亦大早计,见卵而求时夜,见弹而求鸮炙。"

③思莼:同"思鲈莼"。据《晋书》记载:"张翰有清才,善属文,齐王冏辟为大司马东曹掾,因见秋风起,乃思吴中菰菜莼鲈羹脍。"宋·陈与义《次韵谢文骥主簿见寄兼示刘宣叔》:"能复几寒暑,思莼久未决。"

④曲米:做酒的米。《宋史·何蒙传》:"蒙假民器,贷邻郡籴米为酒,既而课增倍。"

⑤林婆:苏东坡住处近旁,有个卖酒的老婆子,叫"林婆","年丰米贱,林婆之酒可赊"。他和林婆关系很好,常去赊酒。

⑥压酒:米酒酿制将熟时,压榨取酒。唐·李白《金陵酒肆留别》诗:"风吹柳花满店香,吴姬压酒劝客尝。"

⑦湔胃:洗胃。

⑧翟秀才:翟逢亨,广东省惠州市人,北宋归善县地方文化名人,群众尊称

他为"翟夫子",与苏东坡来往亲密。

浅解：

饶公食冠以"东坡"名的东坡肉,却觉名过其实。诗中用丰腴的"杨玉环"和纤瘦的"张好好"之喻,"林婆"取酒洗胃之意,表达出他对肥腻而饱滞的东坡肉的摒弃,亦觉得几辈以来冒用苏东坡的名气来做宣传的行为有些投机。诗尾之处饶公急切想要获得认可,诉说他的无奈,随即"拉上"苏东坡好友翟秀才来倾诉,这种带有"嬉戏"之意的诗句,体现了饶公坦荡的胸怀。

简译：茗搜文字已令肠道干枯,一见肥腻回甘心甘拜倒。海南所缺乏的是花猪肉,有诗可以证实坡公烦恼。岂真见蛋化鸡求其报晓,但觉思念莼鲈之意过早。无端人偏瘦而肉偏肥,玉环哪里比得上张好好。一咬已让口中腹内充饱,再而吞咽难令人不扫兴。几辈屡次冒用先生之名,曲米散发香气欢度晚年。没有见到林婆取酒送来,藕丝清胃太过仓促草率。姑且和西邻翟秀才道来,题诗为公诉说这般天地。

交 河①

悲秋②不用怅离群，目极荒荒昧谷云。
暮霭迷茫天宇阔，碛中③赤海④已斜曛⑤。

注释：

①交河：交河故城位于吐鲁番市以西约13公里的雅尔乃孜沟中。它最早是西域三十六国之一的车师前国的都城。《汉书·西域传》称："车师前国，王治交河城，河水分流绕城下，故号交河城。"
②悲秋：对萧瑟秋景而伤感。语出《楚辞·九辩》："悲哉！秋之为气也。萧瑟兮，草木摇落而变衰。"
③碛中：沙漠中。
④赤海：新疆最大的淡水湖泊。
⑤斜曛：黄昏，傍晚。元·陈旅《题韩伯清所藏郭天锡画》诗："岁晚怀人增感慨，晴窗展玩到斜曛。"

浅解：

交河秋日，荒芜之地夕阳西下，四周昏暗迷茫让饶公产生孤独之感。

简译：秋季伤感不用惆怅离群，目极之处谷云荒芜昏暗。黄昏云雾迷茫天地开阔，沙漠之中赤海夕阳已落。

吐鲁番夕宴

酒面随杯泛紫霞,穹庐瀚海各无涯①。
交河故垒淹黄土,喜种葡萄是汉家②。

注释:

① 无涯:没有边际。
② "喜种"句:"从此葡萄入汉家。"汉·司马迁《史记·大宛列传》记载张骞如何率领使团顺利到达乌孙,又到了大宛,他的随员将西域的葡萄、苜蓿引入汉朝,成功开通了丝绸之路等经历。

浅解:

饶公赴吐鲁番宴会,在交河之旁,领略天高地远的边疆风景,联想当年先祖凿通了丝绸之路的艰辛与收获。

简译:杯内酒面映衬天上紫霞,苍穹瀚海皆是无边无际。交河的旧堡垒黄土遮掩,喜欢栽种葡萄的是汉家。

天　山

望七①还堪上翠微②，征轮③蹩躠④雨中飞。
西王濯足⑤盆安在，九折回车复雪归。

注释：

①望七：望七之年即将近七十岁的意思。
②翠微：指青翠掩映的山腰幽深处。《尔雅·释山》："未及上，翠微。"
③征轮：远行人乘的车。唐·王维《观别者》诗："挥泪逐前侣，含凄动征轮。"
④蹩躠：尽心用力、勉力行之的样子。《庄子·马蹄》："及至圣人，蹩躠为仁，踶跂为义，而天下始疑矣。"
⑤濯足：本谓洗去脚污。后以"濯足"比喻清除世尘，保持高洁。《孟子·离娄上》："有孺子歌曰：'沧浪之水清兮，可以濯我缨；沧浪之水浊兮，可以濯我足。'"

浅解：

饶公年近七十，乘车在雨雪之中登上天山，以"西王濯足"之意表现天山隔绝尘世高洁之境。

简译：年近七旬还可登上青山，乘车颠颠簸簸雨中飞驰。西王洗脚之盆今在何方，山路九折归途雪花相伴。

日月山①远瞰青海

元祖柴燎②迹早陈,荒远互市③已无人。
古来龙种大搜地,万顷鲸波④漾好春。

《元史·宪宗纪》：四年甲寅，会诸王于颗颗脑儿，乃祭天于日月山，颗颗亦作库库诺儿，即青海也。蒙语称日为纳喇，月为萨喇，向来互市于此，详张穆《蒙古游牧记》。

注释：

① 日月山：日月山坐落在青海省湟源县西南40公里，属祁连山脉，长90公里，海拔最高为4877米，青藏公路通过的日月山口海拔3520米，是青海湖东部的天然水坝。
② 柴燎：古代祭祀之一，烧柴祭天。《文选·潘岳〈闲居赋〉》："天子有事于柴燎，以郊祖而展义。"
③ 互市：指民族或国家之间的贸易活动。《后汉书·应劭传》："〔鲜卑〕故数犯障塞，且无宁岁，唯至互市，乃来靡服。"
④ 鲸波：犹言惊涛骇浪。唐·杜甫《舟出江陵南浦奉寄郑少尹》诗："溟涨鲸波动，衡阳雁影徂。"

浅解：

当年元祖宪宗会诸王于此地，并在此地建立了少数民族之间的贸易活动区域。饶公自日月山俯瞰青海，回想当年盛景，领略现在好时光。

简译：元祖烧柴祭天遗迹陈旧，荒远异族之市早已无人。自古以来龙种搜觅之地，万顷惊涛荡出美好春天。

机上望嘉峪关

白日如金极玮煌,连空鬼碛^①正茫茫。
衰杨送客酒泉道^②,穷塞雄关又一方。

注释:

①鬼碛:森险沙石之地。
②"衰杨"句:化用自唐·李贺《金铜仙人辞汉歌》"衰兰送客咸阳道,天若有情天亦老。"

浅解:

嘉峪关是古"丝绸之路"的交通要冲,又是秦朝万里长城的西端起点。素有"河西重镇""边陲锁钥"之称。饶公于飞机上望嘉峪关,荒远边塞雄关屹立,接连天空一片茫茫,阴森险峻之势更加鲜明。

简译:白日如同黄金极其辉煌,森险沙地连空一片茫茫。衰杨欢送远客酒泉道上,穷塞雄关又是一方净土。

武 夷 杂 咏

千秋嘉会忆鹅湖①,吾道从知德不孤。
旧构荒坛巢水鹤,当年曾刻六经图②。

从江西入闽,经铅山鹅湖书院。清中叶乡人郑之侨宰此县,著有《鹅湖讲学会编》,又刻《六经图》,书俱存。

注释:

① "千秋"句:指南宋淳熙二年(1175年)在信州(今江西上饶市铅山县鹅湖镇)鹅湖寺举行的一次著名的哲学辩论会。由吕祖谦邀集,意图调和朱熹和陆九渊两派争执,即著名的"鹅湖之会"。
② 六经图:《六经图》是世界最早刊印之地图。《宋史·艺文志》载:"杨甲《六经图》六卷。"比德国最早的印刷地图早三百多年。清·郑之侨重编《六经图》。

浅解:

  武夷鹅湖之地自古以来为文化重地,先有"鹅湖之会"在前,后又潮州人郑之侨搜集编撰鹅湖讲学,篆刻《六经图》,道德传承从来不曾停息,为饶公所赞叹。

  简译:文明千秋之会追忆鹅湖,我们知道德行不会孤立。旧时荒废祭坛水鹤筑巢,当年于此曾编刻《六经图》。

毛竹①流霞赖品题②,丹山绿筱③满前溪。
空中箫鼓④何年洞,凄绝名山第一诗。

李义山到此,有诗咏毛竹,山志列为武夷首唱。

注释：

①毛竹：《武夷山记》："武夷君因少年慢之，一夕山心悉生毛竹如刺，中者成疾，人莫敢犯，遂不与村落往来，蹊径遂绝。"
②品题：观赏，玩赏。唐•畅当《蒲中道中》诗之二："古刹栖柿林，绿阴覆苍瓦。岁晏来品题，拾叶总堪写。"
③绿筱：绿色小竹。《文选•谢灵运诗》："白云抱幽石，绿筱媚清涟。"
④空中箫鼓："空中箫鼓"典出于中唐时期的笔记小说《诸山记》："武夷山神号武夷君，秦始皇二年，一日语村人曰：'汝等以八月十五日会山顶。'是日村人毕集，……闻空中人声，不见其形。须臾，乐响，亦但见乐器，不见其人。"唐•李商隐《武夷山》："只得流霞酒一杯，空中箫鼓当时回。"

浅解：

　　武夷山毛竹之事闻名，毛竹立于山中，使山色与世隔绝，空中箫鼓之音悦耳，不知从何而出，更有李商隐咏武夷之诗，增其脱俗之境。

　　简译：毛竹彩霞赖人细细品味，丹山绿竹布满前方蹊径。空中箫鼓传于何年之洞，有凄绝的咏武夷第一诗。

$$上清^①沧谪^②久离群，不是巫山亦雨云^③。$$
$$怪底^④柳郎^⑤多狡狯，武夷君作云中君^⑥。$$

　　咏玉女峰。柳永《乐章集》中《巫山一段云》五首，人以其首阕"六六真游洞，三三物外天"，即咏其地。

注释：

①上清：上天，天空。《汉书•扬雄传下》"不能撠胶葛"。颜师古注："胶葛，上清之气也。"
②沧谪：被贬斥，沦落。唐•李商隐《重过圣女祠》诗："白石严扉碧藓滋，上清沧谪得归迟。"
③"不是"句：巫山云雨。原指古代神话传说巫山神女兴云降雨的事，后称男女欢合。战国楚•宋玉《高唐赋序》："妾在巫山之阳，高丘之阻。

旦为朝云，暮为行雨，朝朝暮暮，阳台之下。"
④怪底：惊怪，惊疑。唐·杜甫《奉先刘少府新画山水障歌》："堂上不合生枫树，怪底江山起烟雾。"
⑤柳郎：即宋代柳永。
⑥云中君：屈原所作的组诗《九歌》中的一首楚辞，是祭祀云神的歌舞辞，是以主祭的巫同扮云神的巫（灵子）对唱的形式，来颂扬云神，表现对云神的思慕之情。

浅解：

　　武夷山兴云降雨，较早吟咏其态的是柳永，饶公于诗中戏称，将武夷山当成巫山，把其当作云中君，怪就怪柳永那首狡辩之词，这种写法让词既表现了武夷山景的特色，又显得生动活泼。

　　简译：上天沦落到此早已离群，不是巫山神女亦能兴雨。都怪柳永赋作狡黠之词，将武夷山君变成云中君。

　　　　尝从《云笈》①识神仙，至孝弥天营壑船②。
　　　　临水凿龛山半肋，五溪遗俗尚依然。

　　《朝野佥载》记五溪蛮凿山以葬，弥高者以为至孝。

注释：

①云笈：《云笈七签》是择要辑录《大宋天宫宝藏》内容的一部大型道教类书。
②壑船："架壑船棺"是古时候聚居在武夷山一带古越族人葬俗的遗物。即人死后，亲属殓遗体入棺，将木棺悬置于插入悬崖绝壁的木桩上，或置于崖洞中、崖缝内，或半悬于崖外。

浅解：

　　武夷山越族人安葬先人将其置于悬崖绝壁之上，且越高越显其对先人所尽孝道，此种风俗让饶公感叹不已。

　　简译：曾从《云笈七签》识得神仙，孝道之至在于架壑船棺。临水源地半山之间凿洞，五溪遗留风俗依旧存在。

山腰仙掌①一峰悬，竹迳清流素月延。
为问山中来往客，何人能忆柳屯田②。

中峰寺有柳永遗迹，见嘉靖《建宁志》卷十九。

注释：

①仙掌：如同仙人手掌。
②柳屯田：即宋代柳永。

浅解：

中峰寺悬于群山之中，竹林清溪映着明月，柳永遗迹即在山中。饶公如是说。

简译：山腰仙人掌心一峰悬立，竹迳清流素白月光漫延。想要问这山中来往客人，何人能够记得柳永遗迹。

悬空一水滴成帘，非雾非烟似撒盐。
岩隙人家烹活火①，茶香舌本味犹甜。

咏水帘洞。

注释：

①活火：指有焰的火，烈火。宋·陆游《夏初湖村杂题》诗之三："寒泉自换菖蒲水，活火闲煎橄榄茶。"

浅解：

瀑布犹如水帘般喷洒而下，水花如同细盐一般。旁边家户烹煮香茶，茶味与景色相融，令饶公怡然自得。

简译：悬空之水点滴成为帘席，非雾气非烟气倒似撒盐。岩石间隙家户明火烹煮，茶香留溢口舌犹甜。

题伍蠡甫①丈长卷八段锦小景

近树方摇青②,遥山时挂黛③,
云中自往来,笔尖大无外④。

南丹道中。

注释:

①伍蠡甫(1900—1992):广东新会麦园乡人,我国当代著名的翻译家、美术理论家、西方文论专家、文学家、国画家。
②摇青:树木透着碧绿。
③挂黛:披着青绿。
④大无外:大到极点,外无以加。《庄子·天下》:"至大无外,谓之大一;至小无内,谓之小一。"

浅解:

南丹画卷,山色青碧,闲云往来,开阔而简洁。

简译:靠近树木碧绿摇曳,遥远山峰披着青黛,白云于中自由来往,笔尖之下至大无外。

绿筱阴灵渠①,水际凫鸭乱,
回车不逢人,日暮中流半。

全州野屋。

注释:

①灵渠:兴安灵渠,与都江堰齐名的秦代水利工程,同时也是世界上最古老的人工运河之一。灵渠的伟大之处在于它沟通了漓江和湘江,使长江

水系与珠江水系得以通航。自秦代至民国两千余年来，成了岭南和中原唯一交通水道。

浅解：

桂林全州兴安灵渠与天然之景交相辉映，绿竹遮蔽，水鸭闲游，黄昏时分的景色更加添画韵。

简译：碧绿之竹遮蔽灵渠，水中野鸭惊乱水波，驾车返还不逢路人，落日倒映水流之中。

小坐听石淙①，野行泛萍梗②，
西山③始得游，惜取须臾景。

昆明小景。

注释：

①石淙：石上清流。
②萍梗：比喻行踪如浮萍断梗一样，漂泊不定，典出《战国策》卷十《齐策三·孟尝君将入秦》。
③西山：古称碧鸡山，为碧峣山、华亭山、太华山、罗汉山的总称。西山位于昆明西郊，滇池西岸，距市区15公里，隔滇池与金马山遥遥相对。北起碧鸡关，南至海口，绵延35公里。最高峰罗汉峰，海拔2511米。山峦起伏，形似卧佛，故也称卧佛山。隔水相望宛如一丰盈的女子躺卧滇池岸边，有"睡美人"山之美称。

浅解：

昆明西山之景，石上清流，总可让远行羁旅之人暂得片刻安宁。

简译：稍坐静听石上清流，野行人如浮萍断梗，西山山景始得游赏，珍惜眼前须臾之景。

> 潜口①隐雾深，但闻哀湍泻②，
> 即兴休怅然，相吹有野马③。

潜口。

注释：

①潜口：千年古镇潜口，雏形于秦代，面积38.5平方公里，耕地面积1.6万亩，下辖10个行政村，129个村民组，1.4万人口，为黄山市重要建制之一。
②哀湍泻：哀鸣急泻。
③"相吹"句：《庄子·逍遥游》："野马也，尘埃也，生物之以息相吹也。"野马，尘埃，运动的物体可以用自己呼吸吹动。

浅解：

潜口飞瀑悲鸣，山雾隐约，让人忘却怅然。

简译：潜口隐于雾气深处，却能听见哀鸣急泻，乘着兴致莫要怅然，呼吸吹动有野马也。

> 兰径记尝游，石我爱其丑，
> 披拂恋长条①，徙倚堂前柳。

广州兰园。

注释：

①长条：特指柳枝。南朝·梁元帝《绿柳》诗："长条垂拂地，轻花上逐风。"

浅解：

兰园幽径之中，柳树遮阴，怪石列于左右，也可成为笔端美景。

简译：兰花幽径记录游踪，我本偏爱丑陋之石，留恋长条吹拂飘动，徘徊倚靠堂前之柳。

谁会枯中腴，且验彭泽①诗，
象外②得其醇，六法③安所施。

圣山树石。

注释：

①彭泽：陶渊明（352 或 365—427），字元亮，又名潜，私谥"靖节"，世称靖节先生，浔阳柴桑人，曾任彭泽县令。东晋末至南朝宋初期伟大的诗人、辞赋家。

②象外：物象之外。

③六法：中国古代品评美术作品的标准和重要美学原则。南朝·齐·谢赫在其著作《古画品录》中，依据人物画的创作实践，归纳整理出一个初步完备的绘画理论体系框架，作为衡量绘画高下的标准，被称为"六法"，分别为：气韵生动、骨法用笔、应物象形、随类赋彩、经营位置（或经营置位）、传移模写（一作传模移写）。

浅解：

嵩山"天之心、地之胆"，是中华民族发祥的圣山，占尽了山水之灵气，树石之风流，人文之丰伟。此诗咏画中圣山树石，称其枯中含丰腴，如同陶渊明诗歌般透出淡雅脱俗之姿，超然物象之外，符合古人绘画"六法"之上品。

简译：谁会枯中求得丰腴，并且应验彭泽之诗，超然物象获得醇厚，六法之韵皆可施展。

扣壁①待追陪，曲折开秋晚，
至美②须至人③，尺幅贮荒远。

陕西壁画。

注释：

①扪壁：摸着墙壁，此指欣赏壁画。
②至美：美到极致。
③至人：古时指具有很高的道德修养，超脱世俗，顺应自然而长寿的人。《庄子·逍遥游》："至人无己，神人无功，圣人无名。"

浅解：

错综复杂的壁画展显至美之境，亦从中透露出制画者超脱俗世的道德修养，在饶公眼里，尺幅之中尽是学问。

简译：抚摸墙壁追随画迹，错综映衬秋季之晚，美之极须道德高尚，尺幅贮藏荒远之境。

指穷于为薪①，自是能者得，
壁观养廓然②，神思关通塞③。

达摩。

注释：

①"指穷"句：烛薪的燃烧是有限的。出自《庄子·养生主》。
②廓然：远大貌。汉·刘向《说苑·君道》："廓然远见，踔然独立。"
③通塞：谓境遇之顺逆。《易·节》："不出户庭，知通塞也。"

浅解：

此诗咏达摩画像，不直接咏画，而是从达摩其行为入手，指出其过人的佛教素养，画作的传神我们亦能从中想象而知。这便是饶公此诗高妙之处。

简译：烛薪燃烧非常有限，自是能者获得成功，凝神面壁志存远大，神思隔绝顺境逆境。

奉题中山大学《纪念陈寅恪教授国际学术讨论会论文集》谨次其《寒柳堂诗存》最末一首"题有学集高会堂诗"原韵。此次穗垣高会,自史无前例,亦若有宿缘也

苦向书丛觅骈枝①,古辞今典恰相期。
上清沦谪②开来学,绝代兰芬系所思。
万里西风关运会③,廿年南服久栖迟④。
绸缪胜义⑤空今古,莫道因缘仅一时。

注释:

①骈枝:偶句俪辞。清·钱谦益《〈汤义仍先生文集〉序》:"吾少学为文,已知訾謷王李,愦愦然骈枝俪叶,从事于六朝,久而厌之,是亦王李之朋徒耳。"
②上清沦谪:上清,道教传说中神仙家的最高天界。《灵宝本元经》:"四人天外曰三清境,玉清、太清、上清,亦名三天。"沦谪,谓神仙被贬谪到人间。
③运会:时运际会,时势。三国·魏·阮籍《清思赋》:"托精灵之运会兮,浮日月之余晖。"
④栖迟:淹留,隐遁。出处《后汉书·冯衍传下》:"久栖迟于小官,不得舒其所怀"。
⑤胜义:泛指深妙的义理。

浅解:

陈寅恪为中国现代最负盛名的历史学家、古典文学研究家、语言学家、诗人,饶公奉题其论文集,将陈公比作神仙谪居人世,是对其为人和学问的莫大肯定。饶公一辈子做学问,同陈公为志同道合之辈,诗中说道因缘,实际上可体现饶公对此番题诗非常重视,亦表现了对陈公惺惺相惜之情。

简译:刻苦书中寻觅偶句俪辞,古辞赋今典故恰好相遇。神仙贬谪人间开启后学,绝代兰草芬芳有所寄托。万里西风事关时运际会,二十年来隐遁南方之地。推敲妙义古今无人相比,莫要说道因缘仅是一时。

辛酉中秋日过津门，于博物馆得观八大山人《荷上花》长卷，后有水竹村人跋，惊心动魄，把玩无斁，圆月既升，赴陈国符之招，与其家人欢叙，酒后赋此

荷花十丈对冥搜①，大地河山一卷收。
圆月照人忘主客，茂林深处作中秋。

荆公句。

注释：

①冥搜：搜寻，荆公句。

浅解：

饶公首句借用王安石语，点出了画卷的主题内容，更由于当时赋诗为中秋之夜，更增添了几分雅兴。赏画饮酒，文人相聚，别是一番滋味。

简译：十丈荷花之地苦苦搜寻，大地山河收于一卷之中。圆月照人让人忘记主客，茂林深处画作中秋长卷。

陪李石根李仲唐诸公，游盩厔楼观①，碾药石下作

同到犹龙②地，新来拜古祠。
白云传道履③，绿树隐仙姿。
羽盖④今何许，丹砂⑤不可期。
空留药臼在，宫羽未差池⑥。

注释：

① 盩厔楼观：陕西周至县楼观山，道教楼观派祖庭在此。
② 犹龙：谓道之高深奇妙，如龙之变化不可测。语出《史记·老子韩非列传》："孔子去，谓弟子曰：'……至于龙吾不能知，其乘风云而上天。吾今日见老子，其犹龙邪！'"此指楼观。
③ 传道履：即"传道履仁"，弘扬躬行仁道。
④ 羽盖：指仙人车驾。
⑤ 丹砂：丹砂又被称作为"朱砂"，它是一种棕红色，且色彩鲜艳的彩石。
⑥ "宫羽"句：即"差池其羽"，形容燕子张舒其尾翼。语出《诗经·国风·邶风》。

浅解：

道教楼观派祖庭在周至县，苏东坡诗"此台一览秦川小，不待传经意已空"，便是赞咏此地。饶公与友人游览此地，体验山中道骨仙姿般的景色，缅怀当年道士于此炼丹药之事，感叹岁月易逝之悲。

简译：一同来到道深之地，初次前来拜访古祠。白云弘扬躬行仁道，绿树隐藏仙人姿态。仙人车架今在何方，朱砂药石不可偶得。唯有药臼依旧存留，燕子依旧张舒尾翼。

南海神庙①浴日亭②　次坡老韵

丛木蔽空不见天，林疏偶露两三湾。
放臣③指点扶胥口④，迁客神游海上山。
万古司南⑤开凤阙⑥，百行制诰⑦识龙颜。
咸池⑧咫尺谁晞发⑨，且共回旋日驭⑩间。

东坡碑背有陈献章和韵一首。

注释：

①南海神庙：又称波罗庙，是古代中国劳动人民祭海的场所，坐落在广州黄埔区庙头村，是中国古代东南西北四大海神庙中唯一留存下来的建筑遗物，也是我国古代对外贸易（广州是海上"丝绸之路"的始发地）的一处重要史迹。它建于隋开皇十四年，距今已有1400多年的历史。

②浴日亭：庙西侧有古名章丘的小山丘，昔为观海上日出之地，建有浴日亭，单檐歇山顶，梁架简洁。亭内有重刻嘉定年间广州知府留病摹勒苏轼诗碑一方，紧跟其后，有明代陈白沙步苏轼韵诗碑一方。"扶胥浴日"是宋、元、清三代羊城八景之一。

③放臣：放逐之臣。《文选·祢衡〈鹦鹉赋〉》："放臣为之屡叹，弃妻为之欷歔。"此指苏轼。

④扶胥口：即南海神庙所处的港口。

⑤司南：即指南针。此代指南方之地。

⑥凤阙：指皇宫，此指南海神庙。

⑦制诰：皇帝的诏令。唐·元稹《制诰序》："制诰本于《书》，《书》之诰命、训誓，皆一时之约束也。"

⑧咸池：咸池是古代汉族神话中日浴之处。古人认为西方王母娘娘拥有很多年轻貌美的侍女，而咸池是专供仙女洗澡的地方。

⑨晞发：晒发使干，常指高洁脱俗的行为。《楚辞补注》卷二《九歌·少司命》："与女沐兮咸池，晞女发兮阳之阿。"

⑩日驭：典故名，典出《庄子集释》卷八中《杂篇·徐无鬼》，原指太阳。

浅解：

　　南海神庙有浴日亭，亭内有苏轼诗碑一块。饶公于此游览，借古抒情，既阐述了浴日亭在广州的显赫身份，又表达了自己对浴日、晒发高雅行为的向往，体现饶公超然脱俗的精神境界。

　　简译：丛木遮蔽无法见到天空，林荫疏出透露两三港湾。放臣扶胥港口指点江山，贬迁官员神游海边之山。万古司南直指南方宫阙，百行皇帝诏书识得龙颜。咸池近在咫尺谁在晒发，姑且在太阳之下共回旋。

澳门普济禅院

院藏今释《丹霞日记》一册，二十八页，盖康熙癸丑，返龙护园，过岭后所记。

舵石①遗书不记年，丹霞溟涬②极人天③。
归宗直学无偏正，修竹④当门夜草玄⑤。

注释：

①舵石：丹霞山本体山峰的形状，犹如一艘巨轮，宝珠峰在船尾，峰顶东南端崛起一块红石，就像船舵一样，因此得名"舵石"。
②溟涬：天体未形成前的浑然元气。
③人天：指人界及天界，系六道、十界中之二界，皆为迷妄之界。
④修竹：茂密高大的竹林。晋·王羲之《兰亭集序》："此地有崇山峻岭，茂林修竹"。
⑤草玄：谓淡于名利，潜心著述。

浅解：

普济禅院是澳门特别行政区最大的禅院与最具规模的庙宇，此诗名为普济禅院，实写院内所藏《丹霞日记》，由日记联想到丹霞山景，引出饶公对禅境般平和的心境以及潜心著述的精神追求。

简译：舵石遗书没有编年纪事，丹霞浑气接连迷妄之界。认祖归宗学法不偏不倚，门前竹茂夜里潜心著述。

题陈璇珍①画松（一九五九年）

写松谁学张文通②，双管齐操③破鸿濛，
槎丫④鳞皴⑤各殊态，肘中虎虎起雄风。
毕宏⑥见之心生畏，秃毫挥洒攘无臂⑦，
纵横意屡在笔先，素壁⑧须臾郁奇气。
二公⑨名迹今则无，空从画记识区区，
墨烟浓染幽湿处，虬枝⑩春泽杂秋枯。
陈君直往浑无外，种松胸次日高大，
精理倘向此中寻，放笔咄嗟⑪风云会。

注释：

①陈璇珍（1914—1967）：广东大埔人。毕业于中山大学法学院，精研书史诗词，擅画山水松树。山水笔墨厚重，层层落墨，皴擦再三，苍劲挺拔，甚有气势。

②张文通：张璪，璪，一作藻。字文通，汉族，吴郡（治今江苏苏州）人。建中三年（782年）作画于长安，技法受王维水墨画影响，人谓"南宗摩诘传张璪"，创破墨法，工松石。

③双管齐操：朱景玄谓张璪画松："手提双管，一时齐下，一为生枝，一为枯枝，气傲烟霞，势凌风雨，槎枿之形，鳞皴之状，随意纵横，应手间出，生枝则润含春泽，枯枝则惨同秋色。"

④槎丫：亦作"槎枒"。树木枝杈歧出貌。唐·元稹《寺院新竹》诗："宝地琉璃坼，紫苞琅玕踊……槎枒矛戟合，屹仡龙蛇动。"

⑤鳞皴：像鳞片般的皲皮或裂痕。唐·袁高《茶山》诗："终朝不盈掬，手足皆鳞皴。"

⑥毕宏：毕宏，唐朝河南偃师人。天宝（742—756）中官御史，左庶子。初善画古松，后见张璪，于是阁笔。

⑦攘无臂：捋起袖子不见胳膊。比喻境界高超。

⑧素壁：白色的墙壁、山壁、石壁。北魏·郦道元《水经注·澧水》："〔嵩

梁山〕高峰孤竦，素壁千寻，望之苕亭，有似香炉。"
⑨二公：即张璪和毕宏。
⑩虬枝：盘曲的树枝。
⑪咄嗟：霎时。

浅解：

此诗题松，诗中对陈璇珍笔下之松褒扬有加。对画者仅从画记学习前人的笔法而能直追前人的风骨尤为惊奇。饶公认为，画中开阔无穷的境界在于画者能够手笔相通，心中有画，直通自然。

简译：学习画松谁学张文通公，双笔齐下气至鸿濛之境。枝杈歧出褶皱姿态各异，肘下虎虎生威雄风四起。毕宏见之心中萌生畏怯，秃毫挥洒袖子不见胳膊，合纵连横其意常在笔先，石壁须臾之间郁含奇气。两位公卿名迹今已无存，空从画记之中学习技法，水墨烟雾浓染幽湿之处，树枝既展新枝又落枯叶。陈璇珍君境界直追无穷，松树印于胸次逐日高大，精奥之理倘向此中寻找，放笔霎时之间风云会聚。

观敦煌乐舞忆席君臻贯[1]

贺老[2]缠弦[3]世所夸，紫檀擪拨出琵琶。
新翻旧谱胡相问[4]，绝塞鸣沙[5]不见家。
孤雁忧思生羯鼓[6]，中年哀乐集羌笳。
潜研终以身殉古，叹息吾生信有涯。

斯坦因六一七一《水古（鼓）子》宫词有"琵琶擪拨紫檀槽"句。轮作擪，敦煌写卷如此。乐舞团以余忝居海外顾问，余何敢当，故借用席君所翻曲名《急胡相问》以谢之。庄严所藏《浣溪沙》佚词，起句云"万里迢亭不见家。一条黄路绝鸣沙"。阮籍《咏怀诗》"孤鸿号外野""忧思独伤心"，兹略用其语。曩余尝序席君所著书。一九八六年余著文主张乐、舞、唱三者为一体，君颇韪余说。君力疾研精乐舞意象，锲而不舍，以此知名于世，亦以此夭其天年。庄生谓"以有涯逐无涯，殆已"。惜哉！惜哉！

一九九五年七月十日选堂谨识

注释：

① 席君臻贯：席臻贯（1941—1994），男，汉族，上海市人，中共党员。甘肃敦煌艺术剧院原院长、国家一级演奏员、中国音乐家协会会员。
② 贺老：贺怀智，唐代琵琶演奏家。
③ 缠弦：琴弦的一种。宋·沈括《梦溪补笔谈·乐律》："琴中宫、商、角皆用缠弦，至徵则改用平弦。"
④ 胡相问：敦煌琵琶曲《急胡相问》。
⑤ 鸣沙：敦煌鸣沙山位于甘肃省敦煌市南五公里处巴丹吉林沙漠和塔克拉玛干沙漠的过渡地带。沙峰起伏，人们顺坡滑落，便会发出轰鸣声，称为"沙岭晴鸣"，为敦煌八景之一。
⑥ 羯鼓：一种出自于外夷的乐器，据说来源于羯族。羯鼓两面蒙皮，腰部细，用公羊皮做鼓皮，因此叫羯鼓。

浅解：

饶公于敦煌观乐舞缅怀席臻贯，将席臻贯比作唐代贺怀智，对席君一生在音乐事业上的持之以恒的奉献精神非常佩服，同时也惋惜席君英年早逝，表达对"生有涯"的无奈。

简译：贺老用缠弦为世人称赞，紫檀木上轮拨出琵琶声。新翻旧时琴谱《急胡相问》，边塞鸣沙山中不见故乡。孤雁忧思引人敲响羯鼓，中年哀乐依托胡羌笳笛。潜研乐舞最终以身殉古，叹息我的人生是有限的。

题《潮剧志》三首

梨园①事往自堪夸，一帙丽情纪岁华。
鳄渚风谣②随去水，教坊依旧唱桃花。

《苏六娘·桃花姐过渡》载日本保存之《重补摘锦潮调金花女》。

注释：

①梨园：中国唐代训练乐工的机构，后代指戏曲班子。
②鳄渚风谣：叙述韩愈在潮州祭鳄鱼的歌谣。

浅解：

饶公咏潮剧，借日本所存之《苏六娘·桃花姐过渡》剧目，以及韩愈祭鳄之事来表现自己对故乡的地方剧种——潮剧情有独钟且对《潮剧志》的出版感到十分喜悦。

简译：梨园之事让我一直夸赞，绮丽情思纪念失去年华。祭鳄歌谣早已随波而逝，教坊依旧歌唱桃花曲目。

哄堂摘耳闻啰哩①，待溯鄮峰粉蝶儿。
正字菱花②南戏在，三更听唱水心词。

凤塘出土宣德六年九月《金钗记》，剧本封底小楷写"奉神禳谢弟子廖仲"，及"宣德七年六月在胜寺梨园置立"。伴出品有元吉路胡东石作铜镜。为国内现有最早南戏写本。清初曹寅讥闽乐唱啰哩嗹为蛇语，其实宋代南戏已极普遍，如史浩《鄮峰真隐漫录》之粉蝶儿，叶适《水心即事》云："听唱三更哩啰论。"温州民间之流行此类和声，足见其与南戏关系之早，非始于闽乐也。

注释：

①"哄堂"句：清·曹寅《楝亭诗钞》卷七有诗题为《辛卯孟冬四日，金氏甥携许镇帅家伶见过，闽乐也。合坐塞默胡卢而已。至双文烧香曲，闻有啰哩嗹句，记董解元西厢曾有之，问之良然，为之哄堂，老子不独解禽言，兼通蛇语矣，漫识一绝句》："一拍幺弦一和缠，舞馀无复扫花钿。囯郎漫纵哄堂笑，摘耳犹闻啰哩嗹。"

②正字菱花：正字戏《金钗记》里面有"剖金钗，拆菱花"词。

浅解：

此诗主要阐释闽乐唱啰哩嗹与南戏的联系与传承，主要针对清初曹寅讽闽乐唱啰哩嗹为蛇语的事实进行辩说。

简译： 哄堂大笑摘耳如听啰哩，追溯史浩鄮峰的粉蝶儿。正字菱花南戏关系密切，三更听唱水心即事之词。

轻三重六①咏弦诗②，拍板来源未易知。
斟酌半音成律准，由来丝竹是宗师。

北宋王禹偁《小畜集》有《拍板谣》一诗，未见人征引。其句云："律吕与我数自齐，丝竹望我为宗师。"所谓"我"即拍板自称。由此诗可知南音拍板渊源之远，故为指出。往岁主纂《潮州志》，特创戏剧、音乐二门，为前志所未有，恨未能成稿。今观连裕斌先生寄来《潮剧志》，群公殚十载之功力，成此伟构，有关潮州剧目、角色、身段、机构、舞台艺术，巨细各事，网罗殆尽，纲举目张，要言不烦。李万利歌册，虽板片早毁，幸海内外尚有残存者，犹得加以胪列，存其什一，俾剧目足以徵存。潮剧声华所被，远及雷州、海南，域外更无论矣。此书记载详确，足为信史，用赋绝句三首，以赞其事。

甲戌嘉平元月

注释：

①轻三重六：潮州筝早先是用"二四谱"作为原始谱的，这是一种只能以潮

州方言念唱的古乐诗谱。早期的"二四谱"只记"板"不记"眼",以二三四五六七八(即简谱的 $\underline{5}$ $\underline{6}$ 1 2 3 5 6)为标记。它基本上是一种五声音阶的谱式,音调的变化要靠左手按、滑而产生的"轻三六调"(简称"轻六调")、"重三六调"(简称"重六调")、"活三五调"(简称"活五调")、"轻三重六调"的变调奏法来体现。

②弦诗:潮州弦诗是潮州地区汉族民间丝弦和弹拨乐器演奏的小型合奏曲,分为"儒家乐"和"棚顶乐"两种,目前流行的弦诗乐以"儒家乐"为多。

浅解:

此诗咏潮州弦诗,追溯拍板的渊源,引证王禹偁《拍板谣》,指出丝竹原来就是拍板宗师,并于诗中阐明其由来。

简译:轻三重六调咏潮州弦诗,拍板来源实在难以寻知。斟酌半音测定声调标准,原来丝竹即是拍板宗师。

湘游小草

大雨中登岳阳楼

风昏青草始微波,万念凭高集鬓皤①;
日月此中互出没,古今一霎只蹉跎。
希文②忧乐先天下,屈子③行吟带薜萝④;
盛世不劳洗兵马⑤,倚栏共赏雨滂沱。

注释:

①鬓皤:两鬓斑白。
②希文:范仲淹(989—1052),字希文,汉族,北宋著名的思想家、政治家、军事家、文学家,著有《岳阳楼记》。
③屈子:即屈原。
④薜萝:薜荔和女萝。两者皆野生植物,常攀缘于山野林木或屋壁之上。《楚辞·九歌·山鬼》:"若有人兮山之阿,被薜荔兮带女萝。"后借指隐者或高士的衣服。
⑤洗兵马:希望早日结束战乱,洗净兵甲永不复用。唐·杜甫有诗《洗兵马》。

浅解:

饶公大雨之中登岳阳楼,感叹岁月蹉跎,两鬓皆白的无奈;又从身处之地联想到当年范仲淹、屈原等先辈留下的诗文,哀伤战乱给人带来的灾难;更加庆幸自己生活在太平盛世之中,不用担心兵荒马乱给自己带来身心伤害;雨中赏略岳阳楼景色,内心无比的恬然自信。

简译:风尘昏暗青草微微波动,高处思绪让我两鬓斑白;太阳月亮在此交替出没,古今一霎之间蹉跎虚度。范希文先天下之忧而忧,屈原行吟带着薜荔女萝;大国盛世无须洗净兵马,倚栏共同赏略大雨滂沱。

君山①三首

斑竹②世间只一丘，九疑咫尺使人愁；
神皇曾令山成赭，转眼威棱③复在不？

始皇至君山，遇风大怒，尽赭其山，见《史记·秦始皇本纪》。

注释：

①君山：君山在岳阳市西南15公里的洞庭湖中，古称洞庭山、湘山、有缘山，是八百里洞庭湖中的一个小岛，与千古名楼岳阳楼遥遥相对，取意神仙"洞府之庭"。
②斑竹：一种茎上有紫褐色斑点的竹子，也叫湘妃竹。晋·张华《博物志》卷八："尧之二女，舜之二妃，曰湘夫人，帝崩，二妃啼，以涕挥竹，竹尽斑。"
③威棱：威力，威势。《汉书·李广传》："是以名声暴于夷貉，威棱憺乎邻国。"

浅解：

饶公莅临君山小岛，用秦始皇典故来表现小岛特有的赭红色美景，并用反问句来表现小岛魅力之不减当年。

简译：斑点竹子世间只在此丘，九疑近在咫尺使人忧愁。天帝曾令此山变成赭色，一转眼间威势是否还在？

茶香①时自林间出，小艇真从天上来，
恨与湘妃②悭一面，不甘遵道③洞庭回。

《九歌》云："遵吾道兮洞庭。"

注释：

①茶香：岛上所产的特色针形黄茶，即驰名海内外的君山银针。

②湘妃：相传为帝尧之二女，帝舜之二妃，名曰娥皇、女英，此亦代指湘妃竹。
③遭道：寸步难行。

浅解：

　　此诗虽短，却将君山的地方特色表达得淋漓尽致，岛山盛产茶叶、斑竹，湘妃的典故、屈原《九歌》的诗意，都可以在诗中觅得。

　　简译：茶叶香气不时从林间出，小艇真如从蓝天上降临。恨不能与湘妃见上一面，不甘洞庭湖畔寸步不行。

　　三醉归来复举觞①，朗吟诗客送斜阳；
　　回头三万六千顷②，犹有神光接混茫③。

注释：

①举觞：举杯饮酒。《战国策·魏策二》："梁王魏婴觞诸侯于范台。酒酣，请鲁君举觞。"
②三万六千顷：原指太湖，此代指洞庭湖。
③混茫：混沌蒙昧，此处指广大无边的境界。

浅解：

　　此诗阐述群山与洞庭湖壮阔的黄昏之境，饶公饮酒兴起，吟诗赋作，天地犹有神光相助，让其雅兴四起。

　　简译：三次喝醉依旧举杯饮酒，朗声吟咏诗人目送斜阳。回头三万六千顷湖水，犹有神光接连无边之地。

汨罗屈子祠

　　一江呜咽①欲何之，千载共传屈子祠，
　　往日渊潭何处是，金沙堆②畔草离离。

宋时金沙堆有庙，见《张孝祥集》。

注释：

①呜咽：形容水、风等的声音凄切。
②金沙堆：在洞庭湖与青草湖之间，是由湖沙堆积而成的小岛。

浅解：

此诗凭吊屈原，感情真挚，面对汨罗江水，水流声音似乎也显得凄切，心中哀绪萌生。

简译：这一江水凄切这是为何，千年之间共传的屈子祠；往日深渊潭水诗中何处，金沙堆畔青草灌木繁茂。

沿路郊塍^①尽种茶，朱楼^②犹是旧人家；
莫言故国无知己，《九叹^③》能兴万古嗟。

《离骚》结句云："国无人莫吾知兮，又何怀乎故都。"

注释：

①郊塍：路边小堤。
②朱楼：谓富丽华美的楼阁。《后汉书·冯衍传下》："伏朱楼而四望兮，采三秀之华英。"
③九叹：汉代刘向作。是追思屈原之辞，计《逢纷》《离世》《怨思》《远逝》《惜贤》《忧苦》《愍命》《思古》《远游》共九章。

浅解：

汨罗江畔皆种茶树，此地当年俱是楚国贵族之家，饶公感伤屈原当年对于无"知己"的失望，并用积极的心态想要告知屈原：刘向当年赋作《九叹》即是对屈原经历深有体悟，从此事可证明，知己不在于当时当地，亦可超越时空限制，而可觅得万古千载产生共鸣的知己，包括我——饶宗颐在内。

简译：旷野路旁小堤尽种茶树，华丽楼阁本是旧时人家；莫要说道故国没有知己，九叹能够让人久久怀念屈原。

千帆日昨自南京来书，适有洞庭之行，报之以诗

丹青画出古今愁，芳草萋萋镜里游；
看尽白萍①皆不是②，思君心系木兰舟③。

注释：

① 白萍：水中浮草。代指人间兴衰沉浮之事。
② 皆不是：唐·温庭筠《望江南》："过尽千帆皆不是，斜晖脉脉水悠悠。"饶公此处盖化用成句，以之与好友程千帆之名相映成趣，更显出对友人的思念之情。
③ 木兰舟：用木兰木造的船。南朝梁·任昉《述异记》卷下："木兰洲在浔阳江中，多木兰树。昔吴王阖闾植木兰于此，用构宫殿也。七里洲中，有鲁班刻木兰为舟，舟至今在洲中。诗家云木兰舟，出于此。"后常用对船的美称，并非实指木兰木所制。

浅解：

程千帆（1913—2000），原名逢会，改名会昌，字伯昊，40岁以后，别号闲堂。九三学社社员、中国著名古代文史学家、教育家，南京大学教授。在《题饶选堂诗词集》中，程氏曾曰："硕学罕俦，妙才无对。高情踵谢，戛力追韩。"对饶公学术成就给予极高的评价。好友来信与饶公，恰逢饶公在洞庭湖畔游行，立刻借洞庭湖景之意赋诗回赠，诗歌表达出对友人的思念以及对时光易逝人事兴衰的无奈之苦。

简译：画卷画出了古今的愁苦，芳草茂盛犹如镜中游赏；看尽人间浮沉不为所动，思君心系那远处的小舟。

柳毅井①

社橘湖阴不复存，传书争说泾川君②；
甘泉浸透银针美，尽有余香处处闻。

《柳毅传》云："洞庭之阴有大橘树，人谓之社橘。"一说苏州洞庭东山有柳毅井，详周绍良《洞庭灵姻传笺证》（载《选堂文史论苑》页三二九）。明谭元春有赞柳井水甘美诗三首。

注释：

①柳毅井：君山东麓中部山坳里有一口井，石井栏上刻有"柳毅井"。唐·李朝威有著名传奇《柳毅传》。
②泾川君：《柳毅传》写洞庭龙女远嫁泾川，受其夫泾阳君与公婆虐待，幸遇书生柳毅为传家书至洞庭龙宫，得其叔父钱塘君营救，回归洞庭，钱塘君等感念柳毅恩德，即令之与龙女成婚。柳毅因传信乃急人之难，本无私心，且不满钱塘君之蛮横，故严辞拒绝，告辞而去。但龙女对柳毅已生爱慕之心，自誓不嫁他人，几番波折后二人终成眷属。

浅解：

此诗描写君山的柳毅井，并由此引出关于柳毅与龙女的传奇故事，同时赞颂君山地区特产银针茶叶的茶香。诗歌言简意赅，却蕴含丰富。

简译：社橘湖阴早已不复存在，传书争说泾川君之故事；甘泉浸透银针茶叶之美，到处都有芳香扑鼻而来。

龙宫青女久升遐①，石穴潜通②亦是家；
谁似元春偏好事，拏舟③卅里此烹茶。

注释：

①升遐：升天。《淮南子·齐俗训》："今欲学其道，不得其养气处神，而放

其一吐一吸，时诎时伸，其不能乘云升假，亦明矣。"
②潜通：暗通，私通。汉·应劭《风俗通·皇霸·三皇》："指天画地，神化潜通。"
③挐舟：撑船。宋·郭象《睽车志》卷三："其子克，弃兄弟，自城挐舟迎候。"

浅解：

  此诗由柳毅与龙女的传说引出当地景色，当年传说人物早已无迹可寻，亦不是谭元春赞美柳井水甘美之时，此时是饶宗颐在此烹好茶和赏略美景的好时刻。

  简译：龙宫神女早已升天成仙，石穴暗通也可成为家园；谁似谭元春那好事之徒，撑船三十里到此烹好茶。

陪利荣森①先生谒其先代长沙相利仓②墓，葬品珍玩之奢，足证王符之说

宋祖③临江始建牙④，五洲轪地紫云遮；
长沙大冢仍浮侈⑤，展墓⑥裔孙⑦意可嘉。

《水经·江水注》："南迳巴水戍南，流注于江，谓之巴口，又东径轪县故城南，故弦国也。春秋僖五年秋'楚灭弦，弦子奔黄'者也。汉惠帝二年，封长沙相利仓为侯国，城在山之阳，南对五洲也。宋武帝建牙洲上，有紫云荫之，即是洲也。"轪地在江夏郡。

注释：

① 荣森：利荣森（1915—2007），著名收藏家。
② 利仓：西汉长沙王丞相。早年随汉高祖刘邦打拼天下，后分封为轪侯。长沙马王堆汉二号墓便是他的墓园。
③ 宋祖：宋武帝刘裕。
④ 建牙：古代武官级别到达一定高度可以有自己的警卫部队，建立警卫部队叫作建牙。《晋书·姚兴载记下》："于是尽赦囚徒，散布帛数万匹以赐其将士，建牙誓众，将赴长安。"
⑤ 浮侈：浮华奢侈。汉·王符《潜夫论·浮侈》："今天下浮侈离本，僭侈过上，亦已甚矣。"
⑥ 展墓：省视坟墓。《礼记·檀弓下》："吾闻之也，去国则哭于墓而后行，反其国不哭，展墓而入。"
⑦ 裔孙：远代子孙。《东观汉记·赵孝王刘良传》："裔孙乾嗣位。"

浅解：

饶公陪友人参观利仓墓，其时中的陪葬品珍玩十分奢华，让他觉得这些地下文物不愧为中华文明的瑰宝。

简译：宋祖临江方始建立卫队，五洲轪地紫色云霞遮阴蔽；长沙大冢依旧浮华奢侈，省视坟墓后辈其意可嘉。

万里云霄万古情，五车书①出迈麟经②；
遗编③何得逃秦火④，宣室⑤还当问贾生⑥。

注释：

①五车书：典出《庄子·天下》。惠施的方术很多，本事很大，他读的书要五辆车拉，后遂用"五车书"指书多或形容读书多，学问深。
②麟经：《春秋》的别称，古代汉民族第一部编年史兼历史散文集。儒家六经之一。
③遗编：指前人留下的著作。《旧唐书·章怀太子贤传》："往圣遗编，咸穷一奥。"
④秦火：秦始皇焚书之事。
⑤宣室：汉未央宫前正室。
⑥贾生：贾谊（前200—前168），西汉时期洛阳（今河南省洛阳市东）人。由于当过长沙王太傅，故世称贾太傅、贾生、贾长沙。汉朝著名的思想家、文学家。汉文帝曾宣室召见贾谊，夜半倾谈。

浅解：

诗歌由景入情，阐述了先辈学问之精深，编著了经典书籍《春秋》。诗尾饶公提出困惑，当年的书籍是如何逃过了秦始皇焚书之灾，幸免于难，并自问自答：这还得问问当年在宣室的贾谊才能得知。诗歌厚重而不失情感。

简译：万里云霄展现万古情谊，学问之深编出春秋经典；遗作如何逃过秦皇焚书，还需从宣室贾谊处得知。

长沙之行，为时虽暂，而历览多方，尤以帛书欣获畅读，归来赋谢熊、陈两馆长

未能冲暑更登临，禹迹^①虞陵^②待远寻；
蜀汉江涛开五渚，沅湘^③篪竹^④响千岑。

注释：

①禹迹：相传夏禹治水，足迹遍于九州，后因称中国的疆域为禹迹。语出《书·立政》："其克诘尔戎兵，以陟禹之迹。"
②虞陵：舜帝陵。
③沅湘：沅水和湘水的并称。战国时期楚国诗人屈原遭放逐后，曾长期流浪沅湘间。《楚辞·离骚》："济沅湘以南征兮，就重华而陈词。"
④篪竹：可制作汉族古老的横吹竹管乐器的竹子。

浅解：

此诗对长沙之行总结归纳，表达饶公对蜀汉疆域的自然景色和地理人文喜爱和内心愉悦之情。

简译：未能消解暑气愈要登临，夏禹疆域虞舜帝陵待我远寻；蜀汉江涛开辟五个沙洲，沅湘水畔篪竹响遍千山。

巴陵^①一叶知秋近，郢水^②孤城掩雾深；
快士^③交情缣帛^④际，南东行处有知音。

《水经·湘水注》："（君）山东北对编山，山多篪竹。"可以为篪。

注释：

①巴陵：岳阳古称巴陵。
②郢水：古代中国楚国的都城护城河，在今湖北省江陵县附近。

③快士：豪爽之士。《三国志·蜀志·黄权传》："宣王与诸葛亮书曰：'黄公衡，快士也。'"

④缣帛：缣帛文献起源约于春秋时代，盛行于两汉，与简牍以及其后的书写载体并存了很长一段时期。缣帛柔软轻便，幅面宽广，宜于画图，这些都是简牍所不具备的优点。

浅解：

秋天临近，到处雾气弥漫，在湖南境内以诗书交友，让饶公感受到了当地文化以及人情味。

简译：巴陵一叶而知秋天临近，郢水孤城隐蔽雾气之中；豪爽之辈交情缣帛之中，行到南东到处皆有知音。

一九九六年八月十九日潮州举行饶宗颐学术讨论会赋谢与会诸君子

精义从知要入神，商量肝胆①极轮囷②。
鹅湖何必分朱陆③，他日融通自有人。

注释：

①肝胆：指付出真心。
②轮囷：硕大。
③朱陆：即朱熹和陆九渊。

浅解：

　　此诗为饶公于潮州讨论会后所作之诗，辩论研讨形式由来已久，学术观点也总有出入。无论哪种结论，都是经过学人们潜心钻研而得出，没有伯仲之分。而对于观点的不同，饶公相信总会有后人能够将其融合发展。

　　简译：精义向来知道必须入神，肝胆相照辩论直至深远。鹅湖之会何必调和朱陆，他日融会贯通自会有人。

称扬①如分得群公，独学自忻②不苟同。
韩水韩山添掌故，待为邹鲁起玄风③。

　　潮地宋时有"海滨邹鲁"之称。

注释：

①称扬：称许赞扬。《礼记·祭统》："夫鼎有铭，铭者自名也。自名以称扬其先祖之美，而明著之后世者也。"
②自忻：自我启发，觉悟。
③玄风：玄言清谈。魏晋玄学发生于魏正始年间，士人兴起玄学清谈之风。

此诗以玄风表现研讨会上的辩论之事。

浅解：

饶公此诗对研讨会上观点不同表达了自己独特的见解，认为学术要考据论证，敢于特立独行，挑战权威，才能有所进步。诗尾对潮州文化发展寄予厚望，希望这个闻名的海滨邹鲁能够成为学术领域的重要阵地。

简译：称扬能够分辨群公观点对错，独立研究论述自然不会苟同。韩水韩山今日增添文学掌故，坐等海滨邹鲁兴起玄风之谈。